데이비드 코퍼필드 II

일러두기

• 이 책은 Charles Dicken's 『*David Copperfield*』(Project Gutenberg, 2006)를 참고했습니다.

진형준 교수의 세계문학컬렉션

32

찰스 디킨스 지음

데이비드 코퍼필드 II

David Copperfieldy

살림

데이비드 코퍼필드 II 차례

데이비드 코퍼필드 I 차례

제II권

제
7
장

사랑의 포로가 되다

　　　　아그네스가 런던을 떠난 지도 몇 주일이 흘렀다.

　나는 스펜로 앤드 조킨스 법률사무소의 서기로 고용되었다. 고모할머니는 내게 집세와 기타 경비 외에도 연 90파운드 정도의 돈을 내게 보냈다. 방도 1년간 재계약했다.

　내가 정식으로 계약을 맺던 날, 스펜로 씨가 언제 날 잡아서 노드의 자기 집으로 나를 한번 초대하겠다고 말했다. 파리에서 딸이 공부를 끝내고 올 예정이어서 당장은 집이 좀 어수선하다며 정리가 되는 대로 초대하겠다는 것이었다. 그는 딸과 단둘이 살고 있는 홀아비였다.

스펜로 씨는 약속을 지켰다. 내가 서기 일을 시작한 지 두 주일 정도 지났을 때 그가 토요일과 일요일 주말을 자기 집에 와서 지내라고 초대했다. 물론 나는 감사하는 마음으로 그의 초대에 응했다. 그는 자기 사륜마차로 나를 데려갔다가 데려다 주겠다고 했다.

사륜마차는 정말 훌륭했고 4마일(약 6.4킬로미터) 정도의 짧은 여행도 아주 유쾌했다. 스펜로 씨는 가는 동안 내가 하고 있는 일에 대해 이런저런 조언을 해주었다. 그는 이 직업에 대단한 자부심을 가져야 하며 변호사 따위와 혼동하면 안 된다고 말해주었다. 변호사보다 훨씬 전문적이며 수입도 많다는 것이었다. 그 외에 연극 이야기, 말 이야기, 마차 이야기 등을 나누다 보니 어느새 그의 집 앞에 도착했다.

집 주위를 아름다운 정원이 둘러싸고 있었다. 한창때가 아닌데도 정말로 잘 가꾸어져 있어서 반해버릴 정도였다. 아름다운 잔디밭이 있고 나무들이 있었으며 산책로까지 만들어져 있었다.

우리는 환하게 불이 켜져 있는 집 안으로 들어갔다. 스펜로 씨가 하인에게 "도라는 어디 있나?"라고 물었다.

나는 '도라? 참 예쁜 이름이구나'라고 생각했다. 우리는 옆방으로 들어갔다. 방에는 두 명의 여자가 있었다. 그러나 내 눈에는 한 명의 얼굴밖에 보이지 않았다. 나는 그 얼굴을 보고 숨이 막혔다. 단번에 사랑의 포로가 되어버린 것이다.

정말로 순식간에 모든 것이 끝나버렸다. 나는 미칠 듯이 도라 스펜로를 사랑하게 되었다. 그녀는 비현실적인 존재였다. 그녀는 선녀이자 요정이었다. 그 누구도 실제로 본 적이 없으면서 꿈에 그리던 존재였다. 단숨에 나는 심연에 빠져버렸다. 그 깊이가 얼마인지 살펴볼 겨를도 없었으며 뒤를 돌아다볼 여유도 없이 나는 그냥 그 속으로 굴러떨어졌다. 도라에게 말 한마디 건네지도 못한 채, 나라는 존재 전체가 그 깊은 대양 속에 빠지고 말았다.

그때였다. 귀에 익숙한 목소리가 들렸다.

"나는 코퍼필드 씨를 잘 알고 있답니다."

내가 그 존재조차 잊고 있었던, 도라와 함께 있던 여자였다. 놀랍게도 그녀는 미스 머드스톤이었다. 하지만 그 순간 나는 별로 놀라지도 않았다. 그때 나를 놀라게 할 존재는 도라 스펜로밖에 없었다.

"미스 머드스톤, 안녕하세요? 그리고 머드스톤 씨도 잘 계시지요?"

"잘 지내고 있어요. 고맙습니다."

우리가 서로 아는 사이라는 걸 보고 스펜로 씨는 놀란 것 같았다. 미스 머드스톤은 침착하게 말했다.

"우리는 친척간이랍니다. 코퍼필드 씨가 어렸을 때 아주 가깝게 지냈지요. 그 뒤로 만나지 못했는데, 정말 몰라보게 변했네요."

스펜로 씨가 내게 말했다.

"불행히도 도라에게는 엄마가 없어. 그래서 미스 머드스톤에게 도라의 친구 겸 보호자가 되어달라고 부탁한 거라네."

나는 흘낏 도라를 보았다. 입술을 약간 내밀고 있는 것으로 보아 보호자를 그다지 마음에 들어하지 않는 것 같았다. 하지만 그 모습조차 매혹적이었다. 그녀는 몸집이 작았으므로 더욱 보석처럼 귀여웠으며 얼굴과 몸매 모두 아름다웠다. 그때 만찬이 준비되었음을 알리는 벨이 울렸다. 나는 스펜로 씨가 마련해준 방으로 가서 옷을 갈아입고 아래층으로 내려갔다.

도라는 백발의 노신사와 이야기를 나누고 있었다. 나는 그

노신사를 질투했다. 백발인데다, 도라의 증조할아버지임을 알고도 질투는 멈추어지지 않았다.

도대체 내 마음이 어떻게 되어버린 걸까? 나는 모든 사람들을 질투했다. 나보다 조금이라도 더 스펜로 씨와 친한 사람들 모두를 질투했고 도라와 말 한 마디 나누는 모든 사람들을 질투했다. 그러면서도 도라 이외에 그곳에 누가 있었는지는 하나도 기억이 나지 않는다. 무슨 음식을 먹었는지도 기억하지 못한다. 그냥 도라만 먹고 나머지 음식은 모두 돌려보낸 것 같은 느낌이었다.

다만 미스 머드스톤이 잠깐 나를 보자고 하더니, 과거 이야기는 다 잊자고 제안했고 내가 기꺼이 동의했던 것만 기억난다. 그날 밤 나는 얼이 다 빠진 채로 잠자리에 들었다. 그리고 역시 얼이 빠진 채 다음 날 자리에서 일어났다.

화창한 아침이었다. 나는 정원으로 나갔다. 정원은 시원했으며 그곳에는 아무도 없었다. 나는 홀로 산책하며 도라를 향한 내 사랑을 음미했다.

나는 산책로를 어슬렁거리며 도라와 약혼할 수 있다면 얼마나 좋을까 꿈꾸었다. 에밀리를 좋아했던 때와 마찬가지로 결혼이나 재산 등 현실적인 문제는 전혀 생각하지 않은 순수한 사랑이었다. 내가 여자에게 반하기 쉬운 성격이었던 것도 틀림없는 사실이지만 그만큼 순진했던 것도 사실이다.

산책을 하다 모퉁이를 돌았을 때였다. 숨이 턱 막혔다. 바로 그녀와 마주친 것이다. 지금도 그 모퉁이를 생각하면 온몸에 소름이 돋고 손에 들고 있는 펜까지 흔들릴 지경이다.

내가 먼저 말을 걸었다.

"미스 스펜로, 일찍 나왔군요."

"집에만 있으면 따분한 걸요. 미스 머드스톤은 정말 어처구니가 없어! 산책하겠다고 하면 날씨가 따뜻해질 때까지 기다리라고만 하니. 아침에 산책하는 게 얼마나 기분 좋은데…….
아버지는 왜 그런 여자를 내게 붙여준 건지. 누가 보호자를 원하기나 했나? 게다가 얼마나 까다로운 여자인지."

그때 어디선가 개 한 마리가 우리들 곁으로 뛰어왔다. 개는 나를 보고 짖었지만 도라가 콧잔등을 가볍게 때려주자 이내 얌전해졌다. 우리는 함께 온실 쪽으로 발걸음을 옮겼다.

"당신 미스 머드스톤과 아는 사이라고 했지요? 하지만 친하지는 않지요? 옳지. 착하지."

'옳지. 착하지'라는 말은 물론 개에게 한 말이었다. 아아, 그 말을 나에게 해주었다면 얼마나 좋을까!

나는 재빨리 대답했다.

"네, 친하지 않아요."

"그녀는 정말 따분한 여자예요. 아빠는 그녀를 의논 대상으로 삼으라고 하시지만 나는 그런 엉큼한 사람은 믿지 않아요. 제 속을 털어놓지 않는 사람을 어떻게 믿어요? 믿을 수 있는 상대는 직접 찾는 게 옳은 일이잖아요. 그렇지 짚? 짚, 우리 둘이 그 여자 골려줄까?"

개의 이름은 짚이었다. 그녀는 짚의 머리에 입을 맞추었다. 나는 그 순간 그 개가 얼마나 부러웠는지 모른다. 세상에! 개를 질투하게 만들다니! 사랑의 힘이란 도대체!

우리는 함께 온실의 꽃들을 둘러본 후 아침 식사를 하러 안으로 들어갔다. 나는 도라가 끓여주는 차를 도대체 몇 잔이나 마셨는지 모른다. 그날이 일요일이었으므로 우리는 식사를 마친 후 모두 교회에 갔다. 그리고 아무 일 없이 조용하게 하루가 지나갔다. 밤에 책을 좀 읽고 잠자리에 든 나는 스펜로 씨의 사위가 된 내 모습을 꿈꾸며 잠을 청했다.

스펜로 씨와 나는 다음 날 아침 일찍 그곳을 떠났다. 재판이 있었기 때문이다. 그날 재판정에서 나는 「재판 논고」는 귀담아듣지 않고 도라 생각만 하고 있었다.

그날 이후 나는 온통 도라 생각에 사로잡혀 지냈다. 나는 그녀를 만날지도 모른다는 덧없는 희망에 거의 매일 몇 마일씩 걸어다녔다. 얼마 지나지 않아 노드 가에서는 내 모습에 익숙해진 사람들이 여럿 생길 정도였다. 나는 그 김에 런던도 여기저기 쏘다녔다. 오로지 그녀에게 잘 보이겠다는 생각에 비싼 조끼를 네 벌이나 샀고 외출할 때는 연한 갈색의 양가죽 장갑을 끼었으며 구두도 새로 샀다.

물론 도라와 가끔 만날 기회도 있었다. 창문에서 손을 흔드는 그녀를 보는 경우도 있었으며 때로는 미스 머드스톤과 함께 셋이 산책하며 이야기를 나눌 수도 있었다. 그때마다 그녀 곁에는 늘 애견 짚이 있었다. 그놈은 나를 볼 때마다 사정없이 짖어댔다. 그놈이 나를 라이벌로 생각하는 것 같았다.

그녀를 만나고 나면 나는 영락없이 더 비참한 기분에 젖었다. 제대로 말도 하지 못한 채, 내 마음을 전하지 못했다는 자책감 때문이었으며 그녀가 내게 무관심하다는 것을 확인했을 뿐이다. 나는 스펜로 씨가 나를 또 자기 집에 초대해주길 눈이 빠지게 기다렸지만 기다림이 큰 만큼 실망만 더 커졌을 뿐이다.

토미 트래들스와 미코버

　　어느 날 불현듯이 트래들스를 한번 만나보고 싶다는 생각이 내게 들었다. 한 달이 이미 지났으므로 그가 여행에서 돌아와 있을 것이라고 생각한 것이다. 그는 캠덴타운에 있는 수의과 대학 근처 거리에 살고 있었다.

　　그 거리는 지저분했다. 악취가 코를 찔렀으며 길거리에는 양배춧잎들이 지저분하게 널려 있었다. 그뿐 아니었다. 외짝 구두, 찌그러진 냄비, 망가진 우산 따위가 거리에 뒹굴고 있었다. '트래들스가 살 만한 곳이 아닌데……'라는 생각을 하며 나는 그의 주소를 찾아갔다.

　　그는 집에 있었다. 그는 나를 작은방으로 데리고 올라갔다.

아주 깔끔한 방이었다. 그가 쓰고 있는 방은 오로지 그것 하나뿐이었다.

우리는 서로 반갑게 인사했다. 옛날이야기를 나누며 회포를 푼 후 내가 그에게 말했다.

"너 변호사 준비하고 있다며? 워터브룩 씨에게 들었어."

"사실이야. 하지만 수습을 시작한 건 얼마 되지 않아. 수습 비용 100파운드가 너무 큰 부담이었기 때문이야."

"너, 삼촌이 너를 돌봐주셨다고 했지?"

"응, 그런데 돌아가셨어. 가정부랑 결혼하셨는데 그 가정부가 젊은 놈과 재혼했고 삼촌은 돌아가셨어."

"그럼 유산도 못 받았겠네."

"아냐, 적긴 해도 받았어. 50파운드. 하지만 그 돈으로 뭘 하겠어? 좀 막막했는데 세일렘 학교에 같이 다니던 친구 도움으로 일을 시작하게 되었어. 법률 서류 복사하는 일도 했고 소송 서류를 속기로 작성하는 일도 했어. 『백과사전』 편집일도 하고 있고. 절약해서 겨우 100파운드를 모아서 수습 생활을 시작한 거야. 이것저것 다 해봐야지. 머지않아 신문사 일도 하게 될 거야. 그러면 형편이 좋아지겠지. 실은 나 약혼도 했어!"

그의 입에서 약혼이라는 말이 나오자 내게는 금방 도라의 얼굴이 떠올랐다. 아, 약혼! 아, 도라!

그가 계속 말했다.

"목사의 딸이야. 열 명의 딸들 중 하나야. 데본셔에 살고 있지. 나보다 나이가 조금 많지만 아주 착해. 하지만 형편이 이러니 약혼 기간이 좀 길어지겠지. 하지만 '기다려라. 그러면 희망이 있으리니!'를 좌우명으로 삼고 살고 있어. 따분한 이야기 그만 하자. 많이 벌지는 못하지만 정말 아껴서 쓰고 있어. 식사도 대체로 1층 주인과 함께 하고. 정말 좋은 사람들이야. 미코버 씨 부부는 인생 경험이 많은 사람들이라서 함께 이야기를 나누면 정말 즐거워."

나는 화들짝 놀라서 그에게 물었다.

"너 지금 누구라고 했니? 미코버 씨 부부?"

이번에는 그가 놀란 얼굴을 했다.

"그래 맞아, 미코버 씨 부부. 왜, 아는 사람들이야?"

"나 그 사람들하고 친한 사이야."

나는 머드스톤 앤드 그린비 상회에서 일했던 어린 시절이 떠올랐다. 세상 물정 아무 것도 모르면서 험한 경험을 해야만 했던 내 어린 시절! 그때 위안이 되었던 그들!

마침 그때 문을 두드리는 소리가 났다. 윈저 테라스에서의 오랜 경험으로 나는 그런 식으로 문을 두드릴 만한 사람은 미코버 씨밖에 없다는 것을 잘 알고 있었다. 트래들스가 방문을 열어주었다.

미코버 씨는 나를 코앞에 두고도 전혀 알아보지 못했다. 나는 능청스럽게 말했다.

"안녕하세요, 미코버 씨?"

그는 인사하면서 웃는 나를 유심히 바라보더니 펄쩍 뒤로 물러서면서 소리쳤다.

"아니, 이게 누구야? 코퍼필드 아닌가? 박사님도 안녕하시지? 캔터베리에 계신 모든 분들 다 안녕하시고? 트래들스 씨, 당신이 내 옛날 막역한 친구와 친구 사이일 줄이야!"

그가 아래층을 향하여 소리쳤다.

"여보, 이리 와봐. 아주 반가운 얼굴이 당신을 기다리고 있어요!"

잠시 후 미코버 부인이 들어왔다. 부인은 워낙 몸이 약해져 있었다. 미코버 씨는 저녁을 먹고 가라고 간절히 권했다. 하지만 부인의 눈치를 보니 난처한 기색이 역력했다. 틀림없이 고기가 다 떨어졌으리라.

나는 극구 사양을 하고 그들을 우리 집에 초대하겠다고 말한 후 집을 나섰다. 미코버 씨는 지름길을 알려주겠다며 따라나왔다. 실은 내게 할 이야기가 있었던 것이다.

"내가 자네 절친한 친구인 트래들스와 한 지붕 아래서 지내게 되다니, 참으로 기쁜 일일세. 나는 지금 곡물 중개 일을 하고 있지. 하지만 벌이가 영 시원치 않아. 하지만 곧 운수가 터질 거야. 이 일만 잘되면 자네 친구 트래들스를 평생 도울 수 있는 기틀이 마련될 거라고. 지금 당장 말하긴 어렵지만 곧 알게 될 거야."

지금 생각해보면 나는 그걸 말렸어야 했다. 하긴 말린다고 해서 될 일도 아니었지만……. 그는 절대로 악한 사람은 아니지만 사업에서는 무능했고 허황된 꿈을 꾸는 사람이었다. 결국 그는 며칠 후 이런 「편지」를 남기고는 또 어디론가 사라져버렸다.

친애하는 코퍼필드, 내가 완전히 망해버렸다는 소식을
전할 수밖에 없어 가슴이 아프다네. 나는 내 재산과 집

토미 트래들스와 미코버

을 모두 몰수당했네. 아아, 제일 가슴 아픈 일은 트래들스 씨가 내게 빌려준 23파운드 4실링 9펜스의 어음을 내가 갚을 길이 없어졌다는 거야. 내 머리에는 평생 후회의 재가 날리게 될 거라네.

윌킨스 미코버

가엾은 트래들스! 미코버 씨야 그 정도 타격쯤은 금방 딛고 일어설 사람이지만 트래들스는! 트래들스와, 그를 언제까지나 기다리겠다고 한, 저 시골 목사의 열 자매 중의 한 명을 생각하니 한숨만 나오고 잠도 잘 오지 않았다.

이어지는 불행

어느 날 스티어포스가 불쑥 내게 나타났다. 그날 그 광란의 추태 이후에 보지 못했으니 무척이나 오랜만이었다. 내가 그에게 물었다.

"그동안 어디 있었어? 옥스퍼드에 있지 않았어?"

"야머스에서 오는 길이야. 거기서 배를 탔지. 옥스퍼드에서 따분하게 책장 넘기는 것보다 그쪽이 훨씬 멋지잖아."

"거기 오래 있었어? 다들 잘 있나 모르겠네. '꼬마 에밀리'는 아직 결혼 안 했나 모르겠네."

"여기 페거티가 네게 보내는 「편지」가 있어. 그 여자 남편 있잖아, 이름이 뭐더라? 암튼 그 늙은이가 위독해."

"바키스?"

"그래, 바키스."

그는 내게 「편지」를 전해주었다. 페거티의 「편지」는 이전의 것들보다 더 알아보기 힘들었다. 남편이 절망적인 상태라는 것을 알리고 있었지만 그를 간호하느라 자신이 힘들다는 말은 한 마디도 없었다. 거꾸로 남편을 칭찬하는 내용만이 있었다. 역시 페거티다웠다.

내가 「편지」를 읽고 나자 스티어포스가 말했다.

"전혀 희망이 없다더군. 그러나 태양은 매일 지고 사람은 매 순간 죽어가지. 그렇다고 용기를 잃으면 안 돼. 앞으로 나아가야 해! 억지로 밀고 나가든 사정을 하든 아무튼 나가야 해! 장애물 따위는 치워버리고 시합에서 이겨야 해."

나는 그가 그런 말을 갑자기 왜 하는지 이해할 수 없었다.

"시합이라니? 무슨 시합인데?"

"스스로 시작한 시합이야, 아무튼 나아가야 해!"

그가 무엇에든 한번 빠지면 정신없이 몰두하는 성격이라는 건 알고 있었지만 그게 어떤 건지 나는 전혀 짐작도 할 수 없었다. 단지 그가 전에 없이 긴장된 표정을 짓고 있는 것만 유난히 눈에 띄었을 뿐이었다.

내가 그에게 말했다.

"아무래도 내가 야머스에 가봐야겠지? 오늘 바로 가야겠어. 형은 바로 돌아왔으니 함께 가기 어렵겠지?"

"난 어려워. 하이게이트에도 가봐야 하고. 너무 오랫동안 어머니를 뵙지 못했거든. 너, 내일 떠날 거야?"

"그래야지. 빨리 갔다 와야 해."

다음 날 나는 스펜로 씨에게 며칠 간 휴가를 냈다. 그리고 곧바로 야머스를 향해 떠났다. 그날 저녁 야머스에 도착한 나는 곧바로 여관을 잡고 저녁을 먹은 후 잠자리에 들었다.

다음 날 자리에서 일어난 나는 곧바로 페거티의 집으로 향했다. 바키스 씨가 위독하다니 모두 그곳에 모여 있을 것 같다. 나는 비장한 기분에 젖어 있었다.

내가 조심스럽게 문을 두드리니 페거티 씨가 문을 열어주었다. 그는 나를 보고도 별로 놀라지 않았다. 나는 그와 악수를 나눈 후 부엌으로 들어갔다. 꼬마 에밀리는 두 손으로 얼굴을 가린 채 난로 옆에 앉아 있었고 햄은 그 옆에 서 있었다.

"데이비 도련님, 이렇게 찾아주셔서 감사합니다"라고 페거티 씨가 말했다. 여느 때라면 나를 그토록 반가워해야 할 페거티의 모습은 보이지 않았다. 아마 2층 환자 곁에 있는 모양이었다.

에밀리는 몸을 심하게 떨고 있었다. 악수할 때, 얼음장처럼 차가운 손이 떨리던 감촉이 지금도 느껴지는 것 같다. 나와 악수를 한 후 그녀는 곧바로 페거티 씨의 등 뒤로 몸을 숨겼다. 페거티 씨가 에밀리에게 말했다.

"에밀리야, 너는 정말 마음이 곱구나. 너무 슬퍼서 견디기 어려운 모양이지? 자, 시간도 늦었으니 햄과 함께 집으로 돌아가거라, 응?"

그러나 에밀리는 페거티 씨와 함께 있겠다고 고집을 부렸다. 페거티 씨는 함께 밤샘을 하겠다는 햄을 겨우 설득해서 집으로 돌려보냈다.

우리는 모두 2층으로 올라갔다. 바키스 씨가 사경을 헤매며 침대에 누워 있었고 페거티가 그 곁에 있었다. 바키스 씨를 보니 도저히 가망이 없어 보였다. 그는 그가 평생 품에 안고 살다시피 했던 돈 궤짝에 몸을 기댄 채 머리와 어깨를 침대 밖으로 내밀고 있었다.

우리 모습을 보자 페거티가 바키스 씨의 귀에 대고 말했다.

"여보, 바키스! 도련님이 왔어요. 우리를 맺어준 데이비 도련님 말이에요."

하지만 바키스 씨는 아무 반응이 없었다. 잠든 그의 표정은 그가 팔을 기대고 있는 궤짝과 다를 것이 없었다.

페거티 씨가 입을 가리고 말했다.

"그는 이번 썰물과 함께 떠날 거예요. 바닷가 사람들은 썰물 때가 아니면 죽지 않아요."

우리는 여러 시간 동안 바키스 씨의 곁을 지켰다. 그런데 갑자기 바키스 씨가 입술을 달싹이며 들릴락 말락 하게 무슨 말인가 했다. 그는 나를 학교에 태워다주었을 때의 이야기를 하고 있었다.

그 모습을 보고 페거티 씨가 경건하게 말했다.

"아마 썰물도, 생명도 곧 빠져나갈 거예요."

바키스 씨가 가냘픈 목소리로 말했다.

"클라라, 당신만 한 여자는 이 세상에 없을 거요."

"자, 봐요. 데이비 도련님이 왔어요!" 페거티가 외쳤다. 그가 눈을 번쩍 떴던 것이다.

내가 나를 알아보겠느냐고 물으려는 순간 그가 느닷없이 팔을 억지로 뻗치고 미소지으며 내게 또렷하게 말했다.

"바키스가 마음이 있어요!"

썰물 때였다. 그는 조수와 함께 영원히 가버렸다.

바키스 씨가 세상을 떠난 후 나는 페거티 씨의 간청도 있고 해서 불쌍한 마부의 유해가 블룬더스톤에 묻힐 때까지 남아 있기로 했다. 페거티 씨는 저축한 돈으로 교회 공동묘지에 약간의 땅을 사놓았었다. 바로 내 어머니 무덤 근처였다.

나는 페거티에게 그의 「유언장」을 찾아보라고 했다. 「유언장」은 그가 마지막까지 품에 안고 있던 궤짝 안에 있었다. 나는 「유언장」을 읽어주고 제대로 집행될 수 있도록 도왔다.

바키스 씨가 수십 년 동안 애지중지했던 궤짝 속에는 현금만 해도 3,000파운드가량 들어 있었다. 그는 그중 1,000파운드를 페거티 씨 앞으로 남겨놓고 그 이자를 페거티 씨가 받도록 해놓았다. 그리고 페거티 씨가 죽은 후에는 원금을 페거티와 꼬마 에밀리, 심지어 나까지 나누어 받도록 해놓았다. 그리고 나머지 모든 재산은 페거티 앞으로 남겼다. 나는 유산과 관련된 모든 조치를 정리해주며 1주일을 보냈다.

그동안 나는 에밀리를 보지 못했다. 다만 2주일 후에 결혼식을 올린다는 소식만 들었을 뿐이다.

장례식 날 나는 아침 일찍 블룬더스톤까지 걸어갔다. 장례 행렬은 간소했다. 페거티와 그의 오빠가 일행의 전부였던 것이다. 장례식이 끝난 후 우리는 모두 페거티 씨의 그 낡은 뱃집에서 저녁에 만나기로 약속하고 헤어졌다.

날이 저물자 나는 페거티의 그 정겨운 뱃집으로 갔다. 집 안은 여전히 아주 아늑했다. 에밀리가 앉았던 조그만 찬장도 옛날 그 자리에 그대로 놓여 있었다. 페거티도 옛날과 똑같은 옷을 입고 같은 자리에 앉아 있었다. 거미지 부인도 여전했던 것은 물론이다.

페거티 씨가 시계를 흘낏 보더니 양초에 불을 붙여 창가에 올려놓았다.

"왜 이러는지 도련님은 모르시지요? 다 에밀리를 위해서랍니다. 해가 지면 길이 너무 어둡잖아요. 에밀리가 돌아올 시간이면 내가 꼭 창가에 촛불을 켜놓지요. 나는 그 아이가 시집을 가도 이렇게 촛불을 켜놓을 거예요. 언제나 기다리고 있겠다는 뜻이지요. 이 촛불을 보고 있으면 '에밀리가 이 촛불을 보고 있다. 그 애가 곧 올 거다'라는 말이 저절로 튀어나와요. 봐요, 바로 저기 오잖아요."

그러나 들어온 것은 햄뿐이었다. 밖에는 비가 아주 세차게 내리고 있었다. 햄은 커다란 방수용 모자를 어깨까지 뒤집어쓰고 있었다.

"에밀리는 어디 있어?" 페거티 씨가 말했다.

순간 햄이 내게 눈짓을 했다.

"데이비 도련님, 잠깐 저 좀 보시겠어요?"

우리는 함께 밖으로 나갔다. 밖으로 나가 가까이서 보니 그의 얼굴이 시체처럼 창백했다. 나는 놀랍기도 했고 두렵기도 했다.

"햄, 무슨 일이야?"

그는 내게 「편지」 한 장을 건네주며 말했다.

"아, 데이비 도련님! 에밀리가 달아났어요. 아, 어떻게 하지요? 제가 아저씨, 아주머니에게 어떻게 그 말을 하지요?"

그때였다. 문이 활짝 열리고 페거티 씨의 얼굴이 나타났다.

그는 우리의 말을 엿들은 것이다. 그때의 그의 얼굴 표정을 어찌 잊을 수 있단 말인가!

우리는 안으로 들어갔다. 여자들은 울부짖었고 페거티 씨는 입으로 조끼를 물어뜯었다. 가슴에 피가 묻어 있었다. 그의 입술에서 흐른 피였다. 그는 나를 가만히 쳐다보더니 「편지」를 읽어달라고 했다. 나는 「편지」를 읽었다. 「편지」는 전날 밤 쓴 것이었다.

제가 철없던 시절부터 나를 사랑해주었던 당신이 이 「편지」를 읽을 때면 저는 이미 멀리 가고 없을 거예요. 저는 이렇게 정든 집, 그토록 사랑했던 집을 떠나요. 그 사람이 나를 귀부인으로 만들어주기 전에는 돌아오지 않을 거예요. 당신은 아마 내일 밤 이 「편지」를 받아보시겠지요? 내 가슴이 정말 찢어지는 것 같아요. 모두 내 잘못이에요. 하지만 어쩔 수 없어요. 우리가 결혼하기로 했던 일은 없었던 걸로 해주세요. 제발 저를 아예 잊어주세요. 어릴 때 죽었다고 생각해주세요. 아저씨께는 정말로 죄송해요. 당신, 나보다 더 좋은 아가씨를 만나세요. 그리고 그 아가씨가 내 빈 자리를 채워주길 바라요.
저는 매일 당신과 아저씨, 아주머니의 행복을 위해 기도
할 거예요. 아저씨, 제발 건강하세요. 저의 마지막 눈물
과 감사를 아저씨께 드립니다. 그럼 이만…….

「편지」 내용은 이것이 전부였다. 페거티 씨는 여전히 내 입
을 바라보며 멍하니 서 있었다. 그가 말했다.

"그놈이 누구지? 그놈 이름을 말해!"

그러자 햄이 나를 바라보았다. 순간 내 몸에 전율이 휩쓸고
지나가는 것 같았다.

"도련님, 도련님 잘못이 아니에요. 저는 도련님을 원망하지
않아요. 그자의 이름은 스티어포스예요. 이 세상에서 제일 악
랄한 놈이에요."

페거티 씨가 우리들에게 말했다.

"햄, 나는 이곳에서 이제 별로 할 일이 없어. 자네가 모든
것을 책임져야 해. 자네는 내 누이동생 집에서 함께 살면서 사
람들을 돌보도록 해. 에밀리는 내가 찾아올 거야."

햄은 자기가 찾아 나서겠다고 페거티 씨에게 말했지만 페

거티 씨의 단호한 결의를 꺾을 수 없었다. 햄은 아마 스스로를 겁냈는지도 모른다. 그는 스티어포스가 눈에 띄는 순간 그를 단번에 죽여버릴 것만 같은 필사적인 표정을 하고 있었다.

다음 날 페거티 씨는 동생을 끌어안고 작별 인사를 했다. 그가 동생에게 말했다.

"몸조심해라. 어디까지 가든 분명 찾아오겠어. 그 아이를 데려온 뒤에는 아무도 그 애 욕을 하지 않는 곳에 가서 살 거야. 너도 그 애를 용서해줘야 해."

그는 이 사건을 알게 된 마을 사람들이 대부분 에밀리를 욕한다는 것을 알고 있었던 것이다.

페거티 씨는 모자를 쓰고 천천히 밖으로 나갔다. 후텁지근한 저녁 무렵이었다. 그의 고독한 그림자가 골목 모퉁이를 돌아 환한 햇살 속으로 사라져가는 것을 우리는 그냥 바라만 보고 있었다.

그 뒤로도 저녁 그 시각이 되어 쓸쓸한 빗소리나 바람소리를 들으면 혼자 터벅터벅 걸어가는 순례자같이 쓸쓸한 그의 뒷모습과 그가 남긴 말이 떠오르곤 했다.

"그래, 어디까지 가든 반드시 찾아올 거야. 만약 내게 무슨 일이 생기면 내 말을 꼭 기억해둬. 내가 에밀리에게 남기는 유언이야. '귀여운 에밀리, 내 마음은 변함없다. 모든 것을 용서하마!'라는 내 말을."

제
8
장

최고의 행복

그런 일을 겪는 동안에도 도라를 향한 내 사랑은 점점 커져만 갔다. 그녀 생각만 하면 우울한 생각도 사라졌고 친구를 잃은 슬픔도 가라앉았다. 그녀는 이 세상의 온갖 허위와 고통 위에 떠 있는 밝고 순수한 별이었다.

하지만 내가 할 수 있는 일은 전처럼 밤에 노드까지 걸어가서 그 근처를 빙빙 도는 것이 전부였다. 나는 진정으로 그녀의 노예였으며 그녀의 노예가 된 것에서 고통과 행복을 동시에 맛보았다.

페거티는 나와 함께 런던으로 왔다. 유산에 관한 법률사무를 처리하기 위해서였다. 나는 「유언장」을 공증하고 상속세 문제도 해결해주었다.

그러던 어느 날이었다. 스펜로 씨가 눈이 번쩍 뜨이는 제안을 내게 했다. 정확하게 1주일 후면 도라의 생일이고 기념으로 피크닉을 갈 예정이니 함께 가자는 것이었다. 순간 나는 정신이 아찔해졌다. 다음 날 나는 도라로부터 "아버지의 호의를 물리치지 마세요"라는 정식 「초대장」을 받았다. 레이스가 꾸며진 예쁜 편지지였다. 날아갈 것 같은 기분이었다. 나는 그날이 오기까지 완전히 얼이 빠진 채 지냈다.

내가 그 피크닉에 대비해 얼마나 열심히 준비를 했던지! 그리고 그것이 얼마나 바보짓이었는지! 그때 샀던 목도리를 생각하면 지금도 낯이 화끈거린다. 파티 전날 밤에는 식료품 바구니를 사서 노드로 가는 역마차 편에 보내기도 했다. 어쩐지 바키스 씨가 페거티에게 했던 사랑고백처럼 우스꽝스런 짓이었지만 나는 개의치 않았다. 아침 6시가 되자 나는 도라에게 줄 화려한 꽃다발을 산 후 노드를 향해 말을 달렸다. 이날을 위해 나는 말도 한 마리 빌려놓은 것이다.

그녀의 집에 도착하니 도라가 한 젊은 처녀와 정원 벤치에 앉아 있었다. 무늬목으로 된 하얀 보닛을 쓰고 하늘색 드레스를 입고 있는 도라는 얼마나 아름다웠던지! 젊은 처녀의 이름은 미스 밀스로서 도라의 절친한 친구였다. 도라와 늘 함께 지낼 수 있을 테니 미스 밀스는 얼마나 행복할까!

나는 도라에게 꽃을 건넸다. 그녀는 꽃이 너무나 예쁘다며 내게 고마움을 표했다. 하지만 나는 한 마디 말도 하지 못했다. 이곳으로 달려오는 동안 내내 준비했던 말이 도대체 어디로 가버렸는지 한 마디도 생각나지 않았다.

도라가 내게 말했다.

"코퍼필드 씨, 심술쟁이 미스 머드스톤이 집에 없어요. 동생 결혼식에 갔어요. 적어도 3주 뒤에나 돌아올 거예요."

순간적으로 내게 '머드스톤이 또 결혼을? 누굴 또 죽이려고?'라는 생각이 들었지만 도라 생각에 정신이 팔려 그리 오래가지 못했다.

미스 밀스는 사려 깊고 현명한 여자처럼 보였다. 뒤에 안 일이지만 그녀는 실연의 불행을 겪었으며 그로 인해 세상과는 어느 정도 등을 돌리고 사는 여자였다. 하지만 바로 그 때문에 그녀는 젊은이들의 순수한 사랑에 대해서는 깊은 관심과 호감을 지니고 있었다.

얼마 후 스펜로 씨가 안에서 나왔다. 세 명은 미리 대기하고 있던 마차를 탔고 나는 말에 올랐다. 나는 말을 타고 뒤따랐고 도라는 등을 돌리고 앉아서 나를 보고 있었다. 그녀는 자주 내가 준 꽃다발의 향기를 맡았다. 그때마다 우리 두 사람의 눈이 마주쳤다. 그때 내가 마차로 뛰어들지 않은 것이 지금 생각해도 대견할 정도였다.

우리가 그런 식으로 얼마나 멀리까지 갔는지, 우리가 간 곳이 어디였는지 나는 지금도 기억에 없다. 아마도 길포드 근처였으리라고 막연히 짐작할 뿐이다. 어떤 마술사가 갑자기 우리를 위해 기막힌 장소를 열어주었다가 다시 닫아버린 것 같은 그런 느낌이었다.

그곳은 부드러운 잔디가 깔려 있는 언덕 위의 푸른 초원이었다. 울창한 숲이 옆에 있었고 주변에 히스 꽃이 만발해 있는 너무나 아름다운 곳이었다. 그곳에서 사람들이 우리를 기다리고 있었다. 모두 도라를 알고 있는 사람들이었다. 그들은 모두 도라와 반갑게 인사했다. 아아, 그들만 없었다면! 모든 사람들이 나를 화나게 만들었으며 남자들은 온통 질투의 대상이 되어버렸다.

식사가 끝났다. 나는 나무 사이를 홀로 산책했다. 도라와 즐겁게 이야기를 나누는 사람들이 모두 꼴 보기 싫었기 때문이었다. 홀로 걷고 있던 중, 미스 밀스와 단둘이 거닐고 있던 도라와 마주쳤다.

미스 밀스가 먼저 내게 말을 걸었다.

"지루하시죠? 도라도 지루할 거야."

도라와 나는 그녀가 왜 우리에게 그런 말을 하는지 이해할 수 없었다. 우리가 어리둥절해하자 그녀가 말했다.

"자, 이제 됐어요. 공연히 눈치 보다가 모처럼 피어난 꽃을 시들게 하지 말아요. 아무리 꽃이 아름다워도 한 번 벌레 먹으면 다시 싱싱해지지 않는 법이에요. 이미 돌이킬 수 없게 된 내 경험에 비추어 이야기하는 거예요. 용솟음치는 샘물을 멈추게 해선 안 돼요."

나는 내가 무슨 짓을 하고 있는지도 알지 못했다. 머리끝부터 발끝까지 나는 온통 불길에 휩싸여 있었다. 나는 도라의 작은 손을 잡고 입을 맞추었다. 아아, 그녀가 그것을 허락해주었다! 내 마음은 저 제7의 천국에 올라가 있는 것 같았다. 그리고 그 천국에서 두 번 다시 내려오지 않았다.

그날 오후 내내 우리는 천국에 있었다. 너무 기쁘고 행복해서 내게는 오히려 모든 것이 현실이 아닌 것 같았다. 마치 꿈을 꾸는 것 같았다. 그 꿈에서 깨어나면 나는 여전히 버킹엄 거리에 있으며, 크럽 부인이 아침을 차리느라 덜그럭거리는 소리가 들릴 것만 같았다. 그러나 눈을 뜨면 내 손을 잡은 도라가 그곳에 있었다.

소풍이 끝나자 모두들 각자 집으로 돌아갔다. 우리도 집으로 가는 길을 재촉했다. 스펜로 씨는 샴페인을 마신 탓에 끄떡끄떡 졸더니 아예 마차 한구석에서 잠들어버렸다. 아아, 포도를 키운 대지여, 포도주로 화한 포도여, 그 포도를 여물게 한 태양이여, 그리고 포도주를 빚은 사람들이여, 모두에게 영광 있으라! 마차와 나란히 말을 몰며 도라와 거리낌없이 이야기를 나눌 수 있게 해주다니!

그때였다. 미스 밀스가 나를 불렀다. 나는 마차 문을 한 손으로 잡고 미스 밀스를 향해 몸을 굽혔다. 나는 스스로도 그 자세가 너무 멋지다고 생각했다.

미스 밀스가 내게 말했다.

"도라가 저희 집에 놀러 올 거예요. 이틀 후에 함께 떠날 건데, 그다음 날 오시지 않겠어요? 저의 아버지도 당신을 반가 워할 거예요."

미스 밀스의 머리 위로 수없는 축복을 내리는 것 외에 내가 할 일이 무엇이 있었겠는가! 나는 내 머릿속 가장 안전한 곳 에 그녀가 말해준 주소를 소중하게 새겨 넣었다.

이튿날 잠에서 깨어난 나는 스스로에게 다짐했다. 그래, 무 슨 일이 있어도 도라에게 내 사랑을 고백하리라! 그 결과에 따라 내 운명이 결정되리라. 내 삶이 과연 행복할 것인가, 불 행할 것인가, 그 순간 분명히 결정되리라!

나는 고통스런 사흘을 보냈다. 아무리 생각해도 비관적인 생각이 나를 사로잡았다. 모든 상황이 왜 그렇게 불리하게만 여겨졌던 것인지!

드디어 운명의 날, 나는 말끔하게 정장을 차려입고, 머릿속 에는 수없는 고백의 말을 담고서 미스 밀스의 집으로 향했다. 마침 밀스 씨는 출타 중이었다. 잘된 일이었다. 내가 그에게 무슨 볼일이 있었겠는가? 미스 밀스만 집에 있는 것으로 충분했다.

　나는 2층 방으로 안내되었다. 거기에 미스 밀스와 도라가 있었다. 도라의 애견 짚도 있었다. 미스 밀스는 악보를 베끼고 있었고 도라는 꽃을 그리고 있었다. 내가 준 바로 그 꽃다발을 그리고 있는 것을 알았을 때의 기쁨이란!

　미스 밀스는 아버지가 안 계셔서 유감이라고 말한 후 적당히 눈치를 봐서 밖으로 나가버렸다.

　도라가 내게 그날 너무 말을 오래 탄 것 아니냐, 그날 즐거웠느냐는 등 이런저런 이야기를 했지만 내 귀에는 하나도 들어오지 않았다. 나는 내가 그날 어떻게 그런 짓을 할 수 있었는지 모른다. 나는 짚을 밀쳐내고 순식간에 그녀에게 달려들어 그녀를 껴안았다. 짚이 나를 향해 맹렬하게 짖어댔다. 하지만 나는 상관 않고 웅변조로 말하기 시작했다. 거짓말처럼 막힘없이 술술 말이 터져 나왔다.

　내가 당신을 얼마나 사랑하는지 아는가, 당신이 없다면 나는 그만 죽어버리겠다, 나는 당신을 성녀처럼 숭배한다고 떠들어댔다. 그사이 짚은 계속 짖어대고 있었다.

　도라는 고개를 숙인 채 울면서 몸을 떨었지만 내가 더욱 더 열변을 토하게 만들었을 뿐이었다. 당신을 위해서 죽을까요? 한 마디면 충분해요. 난 준비가 되어 있어요. 도라, 당신의 사랑 없는 삶은 아무 가치가 없어요. 당신을 처음 보았을 때부터 나는 당신을 사랑했어요. 지금도 미친 듯이 사랑하고 언제나 그럴 거예요. 그 누구도 내가 당신을 사랑하는 만큼 누군가를 사랑할 수는 없을 거예요. 내가 열변을 토하면 토할수록 짚은 더 격렬하게 짖어댔다. 개도 나도, 각자 자기 식으로 점점 더 미쳐갔다.

그러다 갑자기 도라와 나는 정신을 차리고 소파에 나란히 앉았다. 그렇게 사납게 짖어대던 짚도 얌전히 도라의 무릎에 앉아 나를 친근하게 바라보고 있었다. 나는 나를 짓누르던 무거운 짐에서 해방되었다. 나는 지상 최고의 기쁨에 젖어 있었다. 도라와 나는 결혼을 약속한 것이다.

하지만 우리는 젊음의 도취감에 젖어 미래의 일을 진지하게 생각하지 않은 것도 분명하다. 우리에게는 지금 현재가 소중했다. 우리는 그 소중한 것을 간직하기 위해 도라의 아버지에게는 이 일을 비밀로 하기로 약속했다. 잠시 후 도라가 일어나서 미스 밀스를 데리고 왔고 그녀는 우리를 축복해주었다.

오, 그날에 이어진 행복한 나날들! 어리석음과 꿈과 기쁨이 어우러진 행복한 나날들!

도라의 손가락에 반지를 끼워주기 위해서 보석상에서 치수를 잴 때의 행복! 둘이서 광장에서 만나 사랑의 말을 속삭이면서 눈앞의 참새들이 이 세상 그 어떤 새보다 아름답게 느껴질 때의 행복!

심지어 그녀가 나와 크게 다툰 후 내게 이별을 고하며 '우리의 사랑은 어리석음으로 시작되어 미친 짓으로 끝났어요'라고 「편지」를 써 보냈던 일조차 사랑하는 이들 사이에만 피어날 수 있는 하나의 행복이 아니었던가!

물론 미스 밀스의 중재로 우리는 곧 화해했다. 그 후 우리의 삶은 온통 사랑의 전당으로 변했다. 우리는 매일 한 통의 「편지」를 빠짐없이 주고받으며 행복했다.

아! 행복했던 시절이여! 그 얼마나 꿈같이 즐겁고 바보스러운 시절이었던가! 내 생애 어느 순간을 회상하더라도 그 시절만큼 나를 미소 짓게 만들고, 내 마음을 따스한 감정으로 채워주는 순간은 없다.

런던에 온 고모할머니

도라와 약혼하자마자 나는 그 소식을 아그네스에게 「편지」로 알렸다. 「편지」에서 나는 도라가 얼마나 사랑스러운 여자이며 내가 얼마나 운이 좋은지 길게 설명했다. 스티어포스에 대해서는 한 마디도 하지 않았다. 다만 에밀리의 가출로 야머스의 가족들이 모두 큰 슬픔에 젖어 있으며 나도 고통을 겪고 있다고만 썼다. 아그네스가 금세 사태를 정확히 꿰뚫어보리라는 것을 나는 잘 알고 있었다. 하지만 그녀가 스티어포스라는 이름을 먼저 입에 올리지는 않으리라는 것도 나는 잘 알고 있었다.

나는 이제 스티어포스와 나 사이의 우정의 끈이 끊어졌다고 생각하고 있었으므로, 우리의 우정을 되찾을 수 있다는 생각은 조금도 하지 않았다. 하지만 내가 그토록 좋아했던 스티어포스, 내 기억 속에 영원히 그리운 친구로 남을 스티어포스의 이름을 직접 고발할 수는 없었다.

그동안 페거티는 야머스로 내려가지 않고 내 곁에 머물며 내 시중을 들었다. 나는 그녀에게 도라와 나 사이에 있었던 일을 대충 이야기해주었다.

어느 날 나와 페거티가 이런저런 물건을 살 일이 있어 외출했다가 돌아왔을 때였다. 분명히 닫아두었던 내 방의 바깥문이 활짝 열려 있었고 방 안에서 사람 소리가 들렸다.

나와 페거티는 도대체 누굴까 궁금해 하며 거실로 들어섰다. 그런데 놀랍게도 고모할머니와 딕 씨가 그곳에 있는 것이 아닌가! 고모할머니는 거실 한가운데 산더미 같은 짐 위에 마치 여자 로빈슨 크루소처럼 앉아서 느긋하게 차를 마시고 있었다. 옆에는 새 두 마리가 있었고 고양이 한 마리가 무릎에 앉아 있었다. 딕 씨 역시 잔뜩 짐을 끌어안고서, 우리가 전에 함께 날렸던 것과 같은 큰 연에 몸을 기대고 생각에 잠겨 있었다.

나는 고모할머니를 다정하게 껴안으며 말했다.

"할머니! 미리 말씀도 없이 어쩐 일이세요?"

그때 크럽 부인이 바삐 차를 끓여 오며 "가족을 만나서 무척 반가우시지요?"라고 내게 인사를 건넨 후 다시 내려갔다.

고모할머니를 보는 순간 페거티는 그만 겁에 질렸다. 그녀를 보고 고모할머니가 인사를 건넸다.

"잘 지내고 있었나?"

내가 나서며 말했다.

"페거티, 고모할머니 기억나지요?"

그러자 고모할머니가 외쳤다.

"얘야, 제발 그런 야만적인 이름으로 부르지 마라! 결혼했으니 새 이름을 가졌을 거 아니냐? 그 흉한 이름 말고 새 이름으로 불러주렴. 지금 이름은 뭐지, 피(P)?"

페거티를 피(P)라고 부르면서 고모할머니는 위대한 타협에 성공한 것 같은 표정을 지었다. 페거티가 곧바로 대답했다.

"바키스입니다."

"그건 그래도 조금은 사람 이름 같군. 그래, 잘 지냈나, 바키스?"

고모할머니가 부드러운 말씨로 악수까지 청하자 페거티, 아니 바키스는 용기를 내어 고모할머니의 손을 잡고 감사하다고 말했다.

"우리 둘 다 나이를 꽤 먹었네. 전에 한번 만난 적이 있지? 그때는 참 불편했었는데…… 트롯 한 잔 더 다오."

나는 고모할머니께 차를 따라 드리며 말했다.

"할머니, 왜 그렇게 불편하게 앉아 계세요? 안락의자를 가져올까요?"

"아니다, 트롯. 내 짐 위에 앉아 있는 게 더 편하다."

나는 고모할머니가 어떤 사람인지를 잘 알고 있었다. 할머니가 저렇게 아무 일 없는 것처럼 말을 하고 계시지만 필경 뭔가 중요한 일을 생각하고 있으리라고 나는 짐작했다. 나는 내가 고모할머니를 화나게 할 만큼 몹쓸 짓을 한 게 있는지 은근히 겁이 나기 시작했다. 도라에 관해서는 아무것도 모르실 텐데…….

하지만 먼저 여쭤볼 수도 없었다. 고모할머니는 당신이 이야기를 하고 싶을 때만 입을 연다는 것을 나는 잘 알고 있었다. 그러고 보니 고모할머니가 뭔가 망설이는 것같이 보이기도 했다. 나는 고양이와 장난도 치며 편안한 척했지만 속은 편치 못했다.

이윽고 고모할머니가 차를 다 마신 다음, 옷 주름을 조심스럽게 펴더니 입술까지 닦은 후 입을 열었다.

"트롯, 너 마음 단단히 먹고 독립할 수 있겠니?"

"물론이지요. 언제든지 그러고 싶어요."

"그럼 얘야, 오늘 밤 내가 왜 이 짐들 위에 걸터앉아 있는지 알겠니?"

나는 짐작이 가지 않아 고개를 가로저었다.

"내가 가진 게 이것뿐이기 때문이란다. 얘야, 나는 파산했단다."

나는 충격을 받았다. 이 집과 우리들이 모두 한꺼번에 강물속으로 내동댕이쳐졌다 해도 이보다 더 큰 충격을 받지는 않았을 것이다.

고모할머니는 한쪽 손을 내 어깨에 가만히 올려놓으며 말했다.

"내가 가진 건 이 방에 있는 것들과 저 오두막뿐이란다. 자넷에게 세를 놓으라고 해놓았어. 바키스, 오늘 밤 이 신사가 잘 방을 마련해주겠어? 비용을 아껴야 하니 나는 여기서 지낼 수 있게 좀 해주고. 하룻밤만 지내면 되니까 좀 불편해도 돼. 자세한 이야기는 내일 다시 하기로 하자."

그때 갑자기 고모할머니가 내 목에 매달려 '네가 불쌍하구나'라고 소리치며 울음을 터뜨렸다. 하지만 고모할머니는 곧 슬픔을 억누르고 당당하게 말했다.

"당당하게 시련과 맞서야 해. 애야, 그 정도 갖고 겁에 질려서는 안 된다. 끝까지 가봐야 아는 거야. 불운 따위는 물리쳐야 해, 트롯!"

불안한 나날들

고모할머니의 말에 낙담했던 나는 곧 정신을 차리고 딕 씨를 전에 페거티가 자던 곳으로 데리고 갔다. 어느 잡화점에 딸린 방으로서 페거티가 나와 함께 지내게 되면서 비어 있었다. 비좁은 방이었지만 딕 씨는 만족해했다.

나는 고모할머니가 파산하게 된 원인을 혹시 딕 씨가 알고 있는지 궁금했다. 하지만 짐작대로 그는 아무것도 모르고 있었다. 그저께 고모할머니가 그에게 '딕 선생, 당신은 철학자 맞지요?'라고 물었고 딕 씨가 그렇다고 대답하자 고모할머니가 '딕 선생, 나는 파산했어요'라고 말했다는 것, 그가 '정말로요?'라고 되묻기만 했는데도 고모할머니가 현명한 대답을 해주었다며 칭찬해주었다는 것이 전부였다. 그런 후 둘이 내게로 왔으며 오는 도중 흑맥주를 두 병 마시고 샌드위치를 먹었다는 사실만 알아냈을 뿐이었다.

고모할머니는 아주 침착했다. 고모할머니는 페거티에게도 상냥하게 대해주었다. 물론 내가 무심코 페거티라고 잘못 부를 때는 예외였지만…….

다음 날 저녁이었다. 나는 고모할머니가 마실 맥주를 사러 밖으로 나갔다 돌아왔다. 나를 본 고모할머니가 내게 말했다. 내가 없는 동안 페거티와 이야기를 나눈 것 같았다.

"바키스, 그 여자 참 좋은 여자 같구나. 너를 위해서는 뭐든 하겠다는 거야. 어처구니없는 말도 하더구나. 너를 위해서 돈을 꿔주겠다나? 자기에게는 너무 돈이 많다는 거야. 참, 바보 같은 여자야."

그 말을 하면서 고모할머니의 눈물방울이 맥주 잔 속으로 떨어지는 것을 나는 분명히 본 것 같았다. 나는 고모할머니가 페거티를 진심으로 칭찬하는 것을 보고 너무 기분이 좋았다.

고모할머니가 웃는 체하면서 손을 눈가로 가져갔다.

"그건 그렇고 트롯, 다 들었단다. 너랑 딕 씨가 없을 때 바키스가 다 말해주었어. 정말 끔찍한 일이지. 도대체 그런 철없는 것들은 무슨 생각을 하며 사는 건지 모르겠구나."

나는 에밀리 이야기인 것을 금방 알아차렸다.

"에밀리가 불쌍하지요."

"그 애를 불쌍하다고 하지 마라. 그런 바보 같은 짓을 저지르기 전에 생각을 좀 했어야지. 그런데, 트롯…… 너도 아직 어려서 비슷한 일을 겪고 있는 것 같구나. 살아가다보면 꼭 겪게 되어 있는 슬픈 일을……."

내가 고모할머니 앞으로 몸을 기울이자 그녀가 나를 꼭 잡았다.

"트롯, 너 지금 네가 사랑에 빠졌다고 생각하고 있구나."

나는 귀까지 빨개져서 소리쳤다.

"할머니, 생각하다니요! 저는 제 온 영혼으로 그녀를 사랑하고 있어요."

"바키스가 도라라고 하던 것 같던데…… 그래, 그 애를 진짜 사랑한단 말이지? 그런데 그 애가 좀 어리석지는 않니?"

그녀가 어리석어? 솔직히 나는 그녀가 그런지 아닌지는 생각해본 적도 없었다. 그냥 그녀에게 빠져들었을 뿐 그녀가 어떤 여자인가는 조금도 머리에 떠올린 적이 없었다. 고모할머니의 느닷없는 질문에 나는 기분이 상했다. 하지만 동시에 전혀 해보지 못한 새로운 생각이라서 내게 충격을 주었던 것도 사실이다.

나는 고모할머니에게 대답했다.

"할머니, 우린 아직 어리고 경험도 없어요. 그건 사실이에요. 어리석은 생각이나 어리석은 짓도 많이 할 거예요. 하지만 우리는 진심으로 사랑하고 있어요. 도라가 다른 사람을 사랑한다거나 나를 사랑하지 않게 되는 일은 절대로 없을 거예요. 저도 마찬가지예요. 만일 그렇게 된다면, 그런 일이 벌어진다면…… 할머니, 전 미쳐버릴 거예요."

고모할머니는 쓸쓸한 미소를 지으면서도 고개를 가로저으며 진지하게 말했다.

"아, 트롯! 눈이 멀었구나! 사랑에 눈이 멀었어!"

고모할머니는 잠시 가만히 있더니 말을 이었다.

"너를 보니 어떤 사람이 생각나는구나. 정말 열렬한 사랑에 사로잡혀 있던 사람이었지. 그 사람 어머니가 그에게 말했었지. 좀 더 진지하고 깊이가 있으며 성실한 여자를 찾으라고.

그렇지 않으면 편들 수도 없고 도와줄 수도 없다고."

그 순간 고모할머니의 눈이 어딘가 먼 곳을 향하고 있는 것 같았다. 혹 고모할머니 당신 이야기? 얼핏 그런 생각이 들었지만 나는 곧바로 고모할머니에게 말했다.

"할머니, 그녀가 얼마나 진지하고 성실한 여자인지 할머니께서 아실 수 있다면 좋겠어요."

"오, 트롯! 그게 바로 눈이 멀었다는 증거란다. 눈이 멀었어! 아직 어려서 그래! 하긴 사랑에 눈이 머는 건 나이와 상관없는 일이지. 어쨌든 나는 너희 두 젊은이에게 상처를 주거나 너희를 불행하게 만들고 싶지는 않다. 너희들이 비록 철없는 사랑을 하고 있더라도 말이다. 그 철없는 사랑은 곧잘, 그래 늘 그런 건 아니고 곧잘, 아무 결실 없이 끝나곤 하지. 그렇지만 너희 문제는 한번 진지하게 생각해보자꾸나. 언젠가 좋은 결실을 맺기를 바라야지."

나는 고모할머니의 충고에 감사한다고 인사한 후 잠자리에 들었다. 고모할머니의 말씀은 미친 듯이 사랑에 빠져 있는 사람에게 위안을 주지는 못했다. 하지만 모든 것을 털어놓을 수 있었다는 것만으로도 나는 기뻤다.

하지만 정작 잠자리에 들자 온갖 걱정이 밀려왔다. 고모할머니 말대로 사랑에 눈이 멀어 보이지 않던 것이 보이기 시작한 것이다. 가난하기 짝이 없는 나를 스펜로 씨가 어떻게 생각할까, 게다가 고모할머니가 파산을 했으니 더 형편없어진 것 아닌가? 이제 돈이 한 푼도 없으니 옷도 초라하게 입을 수밖에 없고 도라에게 선물도 할 수 없으며 멋진 회색 말을 탄다는 건 꿈도 꿀 수 없어. 단 한 가지도 앞에 내세울 게 없는 신세가 된 거야. 내 신세를 도라에게 털어놓고 파혼해야 하는 것 아닌가?

그뿐 아니었다. 기나긴 수습 기간 동안 단 한 푼 수입도 없이 어떻게 살아나갈 것인가, 고모할머니를 어떻게 해서라도 도와드려야 하는데 도대체 어떻게 해야 하나?

나는 도라에 대한 사랑이라는 이기적인 문제와 사랑하는 고모할머니를 어떻게든 편히 모셔야 한다는 두 문제 사이에서 아무런 답도 찾지 못한 채 길고 긴 밤을 지냈다.

다음 날 나는 일어나자마자 목욕탕에 갔다. 정신을 차리고 수습방법을 생각해보기 위해서였다. 효과가 있었다. 문득 좋은 방법이 떠오른 것이다.

그래, 수습 계약을 취소하고 보증금을 되찾는 거야. 약간 손해를 보더라도 괜찮아. 나는 희망에 부풀어 민사소송회관으로 걸어갔다. 하지만 결론부터 말하자. 고모할머니의 계약금 1,000파운드를 돌려받을 길은 없었다. 스펜로 씨에 이어 조킨스 씨까지 만나보았지만 헛수고였다.

그날 나는 얼마나 우울했던지! 나는 풀죽은 얼굴로 집을 향해 걷고 있었다. 최악의 사태에 대비해서 이리저리 머리를 굴리며 걷고 있는데 뒤에서 달려오던 마차 한 대가 바로 내 옆에서 딱 멈추었다. 나는 무심결에 고개를 돌려 마차를 쳐다보았다. 마차 창문에 예쁜 손 하나가 밖으로 나왔다. 아그네스였다. 언제나 내게 고요와 행복을 느끼게 해주던 그 얼굴, 바로 아그네스였다.

"아, 아그네스! 지금 당신을 만나다니! 당신을 보기만 해도 마음이 편해지네요. 그런데 어디로 가는 길인가요?"

아그네스는 고모할머니를 만나러 가는 길이었다. 고모할머니가 그녀에게 「편지」를 해서 보자고 한 것이었다. 고모할머니와 아그네스는 아주 가까웠다. 둘은 내가 위크필드 씨 집에 살 때 처음 만난 후 마음이 맞아 친하게 된 것이었다. 고모 할머니는 어려운 처지에서 현명한 아그네스를 만나서 위안을 얻고자 한 것이 틀림없었다.

아그네스는 혼자 런던에 온 것이 아니라 아버지 위크필드, 그리고 우라이아 힙과 함께 왔다고 했다. 우라이아 힙의 이름이 그녀의 입에서 나오자 나도 모르게 욕이 나왔다.

"그 망할 자식! 그 자식이 이제 아버님의 정식 동업자가 된 거군요."

"그래요. 아버지와 그가 런던에 볼일이 있나봐요. 그래서 제가 따라온 거예요. 둘만 내버려두고 싶지가 않아서요."

"그놈이 여전히 아버지에게 영향력을 행사하고 있나요?"

"아버지가 그를 너무 믿으세요. 그런 유능한 동업자 덕분에 짐을 덜게 되었다고 자주 이야기하세요. 게다가 그들은 이제 우리와 함께 살아요."

"그들이라니요?"

"우라이아 힙과 그의 어머니 말이에요. 옛날에 당신이 머물던 방에서 이제 그가 잠을 자고 있어요. 그들이 우리 집에서 지내는 통에 마음대로 아버지 곁에 있을 수 없게 된 게 제일 가슴 아파요. 우라이아가 우리 부녀 사이에 너무 끼어들어요."

그녀는 그런 말을 하면서도 언제나 나를 감탄하게 했던 환한 미소를 띠었다. 그런데 그녀가 갑자기 표정을 바꾸며 고모할머니가 어쩌다 그렇게 되셨느냐고 내게 물었다. 하지만 나는 해줄 말이 없었다. 나도 아는 것이 없었기 때문이다.

우리는 집으로 함께 가서 고모할머니를 만났다. 우리는 고모할머니의 파산에 대한 이야기를 시작했고 나는 아침에 사무실에 가서 스펜로 씨와 조킨스 씨를 만났던 일을 고모할머니에게 말해주었다.

"쓸데없는 짓을 했구나. 어쨌든 네 마음만은 고맙구나. 자, 그 이야기는 더 이상 하지 말도록 하자. 자, 아그네스도 있으니 벳시 트롯우드가 어떻게 해서 그렇게 되었는지 알아볼까? 물론, 트롯 네 동생 이야기가 아니다."

고모할머니는 고양이 머리를 쓰다듬으며 마치 남의 말 하듯이 천천히 이야기를 시작했다. 고모할머니가 이야기를 시작하자 무슨 이유에서인지 아그네스의 얼굴이 창백해졌다.

"그 벳시 트롯우드에게는 약간의 재산이 있었지. 살아가는

데 충분한 정도였고 어쩌면 그 이상이었는지도 몰라. 약간의 저금도 있어서 그걸 늘 불려갔지. 그 돈을 공채에도 투자했고 토지에도 투자해서 돈을 좀 벌 수 있었단다. 고문 변호사 도움을 받은 거지. 그 사람 이름이 아마 위크필드 씨였지?

그 벳시 트롯우드는 돈을 다 찾아서 또 투자할 곳을 찾았단다. 그런데 위크필드 씨는 전처럼 유능하지 못했어. 그래서 제멋대로 광산에도 투자했고 바다 속 보물을 끌어올리는 일에도 투자했다가 큰 손해를 본 거야. 그녀는 일확천금을 노리다가 망한 거지. 거기서 그치지 않고 그동안의 손해를 한꺼번에 만회하려고 있는 돈 다 긁어모아서 은행에 투자했다더군. 내가 듣기로는 순식간에 쫄딱 망해버렸다는구나. 불평하느니 포기하는 게 낫다고 말하긴 하더군."

고모할머니는 자신의 이야기를 남의 이야기하듯 했다. 고모할머니의 이야기가 끝나자 창백해졌던 아그네스의 얼굴이 평소대로 돌아왔다. 그녀는 고모할머니의 파산에 자기 아버지가 책임이 있을까봐 걱정하고 있었던 것이다. 내가 나중에 알게 된 일이지만 고모할머니는 아그네스를 안심시키기 위해 그렇게 말한 것이었다. 고모할머니는 위크필드 앤드 힙 법률

사무소와의 관계를 끊은 적이 없었다.

"미스 트롯우드, 그게 전부인가요?" 아그네스가 물었다.

"그럼, 그게 전부야. 잃을 돈이 더 있었다면 또 투자했다가 날려버린 이야기가 더 있었겠지. 하지만 다행히 아무것도 없었어. 아, 참 한 가지 빠진 게 있어. '그 뒤로도 그녀는 행복하게 살았답니다'라는 이야기가 빠졌네. 아마 언젠가는 그런 말을 덧붙일 수 있을 거야."

고모할머니는 아예 모든 것을 다 털어놓고 의논하기로 작정한 것 같았다. 고모할머니가 다시 입을 열었다.

"자, 어떡해야 할까? 그 시골집에서 연 평균 70파운드 정도는 집세가 나올 거야. 그런데 우리 손에 들어오는 건 그게 다야. 그리고 딕 선생 앞으로 100파운드 정도 나오는 돈이 있는데, 그건 그 사람을 위해서만 써야 해. 아무도 돌보는 사람이 없어서 내가 데리고는 있지만 언젠가는 내보내야지. 자, 내가 받을 70파운드로 어떻게 하면 좋을까?"

내가 나서서 말했다.

"할머니, 제가 뭔가를 하는 수밖에 없습니다."

"군인이라도 되겠다는 거냐? 아니면 뱃사람? 그건 안 돼!

너는 소송대리인이 되어야 해. 우리 가문에서 살인자가 나오
게 둘 수는 없어."

고모할머니의 촌철살인(寸鐵殺人) 같은 말 한 마디 앞에서 나
는 졸지에 살인자가 될 위험에 처한 신세가 되고 말았다. 그리
고 군인은 졸지에 살인자가 되어버렸다.

아그네스가 말했다.

"우선 숙소가 문제인데…… 이 아파트는 장기 임대한 거
지요?"

"그래, 적어도 6개월 이상은 여기서 빠져나갈 수 없어. 기한
이 끝날 때까지는 여기서 살고, 딕 씨에게는 작은 방을 하나
얻어주어야지. 내게 그 정도 현금은 있어."

역시 고모할머니다웠다. 이 아파트에 6개월 이상 있을 수
있다는 말을 여기서 빠져나갈 수 없다고 말하는 것이 바로 고
모할머니였다.

고모할머니 말이 끝나자 아그네스가 나를 보며 조심스럽게
말했다.

"트롯우드, 내게 생각이 있어요. 만일 당신에게 시간이 있
다면……."

나는 재빨리 대답했다.

"나는 시간이 남아돌아요. 오후 4시나 5시 이후로는 늘 자유로워요. 오전에도 이른 시간은 비어 있고요."

나는 몇 시간씩 시내와 노드 거리를 어슬렁거리던 내 모습을 떠올리고는 얼굴을 붉혔다.

그러자 그녀가 말을 이었다.

"혹시 비서 일 하는 걸 싫어하지 않으세요?"

"싫다니요, 아그네스!"

"실은 당신이 다니던 학교의 스트롱 박사께서 은퇴하신 후 지금 런던에 와서 살고 계세요. 그분께서 저의 아버지께 누구 좋은 사람 추천해달라고 부탁하셨어요. 박사님도 사랑하는 옛 제자를 곁에 두고 싶어하실 거예요."

나는 큰 소리로 말했다.

"오오, 아그네스! 당신이 없다면 내가 뭘 할 수 있을까! 다시 말하지만 당신은 내게 정말 천사 같은 여자요!"

아그네스는 명랑하게 웃으며 말했다.

"천사는 한 명이면 족하지요."

도라를 말하는 것이 틀림없었다. 그녀는 계속 말했다.

"박사님은 이른 아침과 저녁에 서재에서 일을 하세요. 어쩜 당신이 한가한 시간과 박사님이 일하시는 시간이 그렇게 딱 들어맞지요?"

나는 너무 기뻤다. 생활비를 스스로 벌 수 있다는 사실 때문이기도 했지만 존경하는 옛 스승 곁에서 일을 할 수 있기 때문이었다. 나는 아그네스의 충고대로 즉석에서 스트롱 박사에게 「편지」를 썼다. 「편지」에 내 목적을 말한 후 내일 오전 10시에 찾아뵙겠다고 했다. 그는 하이게이트에 살고 있었다.

제
9
장

열정의 날들

다음 날 나는 로마식 목욕탕으로 가서 목욕재계한 후 하이게이트로 출발했다.

나는 더 이상 의기소침해 있지 않았다. 나는 내게 닥친 불행을 기회로 바꾸기로 결심했다.

우선 고모할머니가 베풀어주신 은혜가 결코 배은망덕한 자에게 베푼 것이 아님을 증명할 기회였다. 둘째로 어린 시절에 겪은 고난이 결코 헛된 것이 아님을 보여줄 기회였다. 셋째로 손에 도끼를 들고 고난의 숲을 헤쳐나갈 능력이 내게 있음을 증명할 기회였다.

그리고 그 끝에는 확실한 보상이 기다리고 있었다. 당장은 고생스럽겠지만 그만큼 그 보상은 클 것이다. 그 보상은 바로 도라였다. 이 모든 것이 도라에게 이르는 길을 개척하는 것과 같았다. 나는 반드시 그 목표를 이루고야 말리라!

같은 하이게이트였지만 스트롱 박사님 댁은 스티어포스의 집과는 반대쪽에 있었다.

10시쯤 되어 박사님의 댁을 찾아가니 박사님은 산책 복장으로 뜰을 거닐고 있었다. 나를 보자 박사님은 반가워하며 내 손을 덥석 잡았다.

"어이쿠, 어른이 다 되었군. 정말 몰라보겠어. 자네 「편지」는 잘 받았네. 자네가 그 일을 해준다면 나야 고맙지. 그런데 좀 더 좋은 일을 해야 하지 않겠나? 자네 같은 인재가 내 비서 같은 하찮은 일에 청춘을 바치기는 좀 아깝지 않은가?"

나는 몸이 달아서 더욱 간절히 부탁했다. 그리고 이미 법률 쪽 일을 하고 있다는 사실도 말씀드렸다. 그러자 박사님이 말했다.

"그래? 이미 제대로 된 공부를 하고 있군. 좋아, 연봉 70파운드면 되겠나? 물론 얼마간 보너스가 있을 거네."

"박사님, 그걸로 충분합니다. 아침과 저녁에만 일을 하고 그 정도 받을 수 있다면 감사할 일이지요."

박사님은 자신의 『사전』 편찬하는 일을 내가 돕게 될 거라고 말했다. 나는 곧바로 내일 아침 7시부터 일을 시작하기로 했다. 매일 아침 두 시간, 밤에 두세 시간씩 일을 하고 주말에는 쉬기로 했다. 나로서는 아주 좋은 조건이었다.

나는 이제 아침 5시에 일어나서 밤 9시나 10시가 되어서야 집으로 돌아오는 바쁜 몸이 되었다. 하지만 마음은 즐거웠다. 몸이 피곤하면 피곤할수록 도라에게 가까이 갈 수 있는 길이 열린다는 확신 덕분이었다.

나는 생활 태도도 바꾸었다. 가능한 한 절약하는 생활을 하기로 한 것이다. 머리 기름도 절약해서 발랐고 향수는 일절 쓰지 않기로 했다. 아쉽기는 했지만 가장 아끼던 세 벌의 조끼도 팔아버렸다.

한번 불이 붙으니 그 정도 바쁜 것만으로도 성이 차지 않았다. 나는 무언가를 더 하고 싶었다. 나는 트래들스가 좋은 의논 상대라고 생각하고 딕 씨와 함께 그를 찾아갔다. 그는 홀본의 캐슬가에 있는 작은 집 난간 뒷방에서 하숙하고 있었다.

내가 딕 씨와 함께 간 것은 이유가 있었다. 그는 고모할머니가 겪은 불행에 대해 진심으로 걱정하고 있었으며 내가 노예보다도 더 혹독하게 일을 하고 있다고 생각했다. 그런데 자기만 아무 쓸모가 없다고 자책하며 힘들어하더니 결국 식욕마저 잃고 말았다. 그러자 『회고록』도 전혀 진전을 이루지 못했다. 전보다 더 자주 그 찰스 1세의 목이 튀어나왔기 때문이다. 트래들스를 만나서 그가 우리 모두에게 도움을 주고 있다고 믿게 만들겠다는 게 내 심산이었다. 혹시 진짜로 그가 할 수 있는 일을 찾을 수 있지 않을까 하는 희망도 있었다.

트래들스를 찾아가니 그는 서류 앞에서 열심히 일을 하고 있었다. 그는 우리를 진심으로 반갑게 맞아주었고 딕 씨와도 금방 친해졌다.

나는 트래들스를 만나기에 앞서 궁금한 것들을 미리 「편지」로 물어보았다. 나는, 이런저런 분야에서 두각을 나타내고 있는 사람들의 경력 가운데는 국회 회의록을 작성하는 일을 했던 사람들이 많더라, 그 일을 하려면 어떤 준비를 해야 하느냐, 라고 「편지」에 썼다.

나를 보자 그가 말했다.

"이리저리 조사를 해보니, 아주 특별한 경우를 제외하고는 우선 속기술이 필요하더군. 그런데 그걸 배우는 게 보통 힘든 게 아냐. 6개국 언어에 정통하려고 애쓰는 것과 맞먹어. 아무리 열심히 해도 몇 년은 걸릴걸."

그의 말을 듣고 나는 너무 기뻤다. 어려운 일일수록 더 과감하게 도전해보고 싶은 의욕이 치솟을 때였으니 당연했다. 그 정도 거대한 나무는 내 도끼로 당장 무너뜨리리라! 도라에게 향하는 길을 당장 개척하리라!

"정말 고맙다, 트래들스! 내일부터 당장 시작할 거야! 속기술 기초부터 공부할 거야. 어차피 법률 사무소에서는 할 일이 그렇게 많지 않아. 사무실에서 공부하면 돼. 법정 진술들을 갖고 연습하면 돼."

속기술을 익히는 게 어렵다는 말에 내가 왜 그렇게 기뻐하는지 트래들스로서는 영문을 알 수 없었을 것이다. 그는 그저 어안이 벙벙할 뿐이었다.

트래들스를 만나서 얻은 소득은 그것만이 아니었다. 딕 씨에게도 할 일이 생긴 것이다. 우리 이야기를 듣고 있던 딕 씨가 심각한 표정으로 트래들스에게 물었다.

"트래들스 군, 나도 뭔가 하고 싶어. 북을 친다든지, 아니면 악기를 분다든지…….".

그러자 트래들스가 말했다.

"선생님께서는 글씨를 아주 잘 쓰신다면서요? 데이비드, 자네가 그렇게 말하지 않았나?"

"그럼, 아주 뛰어나셔."

사실이었다. 딕 씨는 글씨를 정말 잘 썼다.

"그렇다면 글을 써보시지 않겠어요? 제가 가져온 글을 베끼는 일이에요."

나는 고개를 저었고 딕 씨도 한숨을 쉬었다. 나는 트래들스에게 딕 씨의 『회고록』 집필 이야기와 그 『회고록』이 진전되지 않는 이유 등을 설명했다. 그러자 트래들스가 말했다.

"이 일은 전혀 다른 일이에요. 새로 쓰는 게 아니라 이미 완성된 글을 베끼는 일인 걸요. 완전히 다른 일이지요. 어때요, 해볼 만하지 않으세요?"

갑자기 희망의 빛이 번쩍였다. 결론부터 말하자. 일은 대성공이었다. 주 초부터 일을 시작한 것도 아니었건만 딕 씨는 토요일 밤에 10실링 9펜스를 손에 넣을 수 있었다. 1주일도 되기 전에 2분의 1파운드 넘는 돈을 번 것이다.

그는 근처 상점들을 돌아다니며 그 돈을 모두 6펜스짜리 은화로 바꾸었다. 그는 스무 개가 넘는 은화를 쟁반 위에 하트 모양으로 갖춘 후, 기쁨의 눈물을 흘리며 고모할머니에게 바쳤다. 나는 죽는 날까지 그 모습을 잊을 수 없을 것이다.

그는 그 일을 하게 되면서 마치 마법에 걸린 것처럼 사람이 달라졌다. 그 토요일 밤만 하더라도, 그는 고모할머니를 이 세상에서 가장 위대한 여자로, 나까지도 이 세상에서 가장 훌륭한 청년으로 믿고 감사하는, 이 세상에서 제일 행복한 사람이었다.

그는 나와 악수하며 말했다.

"이젠, 굶지 않을 수 있어, 트롯우드. 미스 트롯우드의 생활비는 내가 책임지겠네."

어느 날이었다. 나를 만난 트래들스가 주머니에서 「편지」를 한 통 꺼내어 건네주었다. 미코버 씨가 보낸 「편지」였다.

친애하는 코퍼필드,

뜻밖의 「편지」에 놀랐겠지만 내 신상에 변화가 있어서 알리고 싶었다네.

우리 가족은 이제 이 영광된 섬나라의 한 지방 도시에 정착해서 살 예정이네. 나는 거기서 학구적인 일을 하게 될 거야. 우리 가족은 이곳에 뼈를 묻게 될 거야.

우리가 온갖 희로애락을 겪은 이 도시와 이별하면서 자네와 헤어진다는 게 제일 섭섭하다네. 자네는 우리 가족 모두와 애정으로 맺어진 사이가 아닌가? 출발하기 전에 우리들의 친구인 트래들스 씨와 함께 하룻밤을 누추한 우리 집에서 지내지 않겠나?

이별의 아쉬움을 나눌 영광을 주기를 기대하며,

영원히

자네의 친구인

윌킨스 미코버

트래들스는 초대 날이 바로 그날 저녁이라고 내게 말했다. 우리는 곧장 그레이스 인 로드 외곽에 있는 미코버 씨의 집으로 향했다.

미코버 씨가 우리를 보고 말했다.

"이삿짐을 싸느라 어수선한 걸 이해해주게."

미코버 부인은 우리를 반갑게 맞아주었지만 조금은 불만인 것 같았다. 그녀가 말했다.

"혼인 서약을 했으니 이이를 따르는 게 제 의무겠지요. 남편을 버릴 수는 없는 일 아니겠어요? 하지만 성당만 덩그러니 있는 마을에 처박힌다는 생각을 하면…… 정말 큰 희생을 치르는 기분이에요. 하지만 남편처럼 재능 있는 사람이 그런 곳으로 간다는 게 더 큰 희생이겠지요. 그런 그에 비하면 내 희생은……."

내가 미코버 씨에게 물었다.

"어디, 큰 성당이 있는 도시로 가시나보지요?"

"실은 캔터베리로 간다네. 내 친구인 힙이 개인비서로 일해달라는 제안을 했어. 이미 계약을 했다네."

나는 깜짝 놀라 미코버 씨를 바라보았다. 겨우 캔터베리로 가면서 마치 멀리 떨어진 저 시골구석으로 가는 것처럼 호들갑을 떤 것에도 놀랐지만 무엇보다 그의 입에서 힙의 이름이 나온 것에 깜짝 놀란 것이다.

"전에 내가 냈던 신문광고를 보고 그가 받아들인 거라네. 내 도전정신을 높이 산 거지. 보수가 그다지 높지는 않지만 급한 불은 끌 수 있을 정도라네. 나는 이미 법률에 대해 조금은 알고 있고, 더 열심히 공부할 작정이네."

그는 이미 재판관이 된 자신의 모습을 떠올리고 있는 것 같았다.

들떠 있는 그의 모습과 하고 싶은 일이 너무나 많았던 내 마음이 상승작용을 일으켰나보다. 그와 나는 죽이 맞았고 나는 내 달라진 환경을 미코버 씨에게 모두 털어놓았다. 고모할머니가 곤경에 처해 있다는 소식에 이들 부부는 기뻐하며 내게 한층 다정하게 굴었다. 자신의 불행이건 남의 불행이건 불행은 이들에게 즐거운 놀이거리였으니 당연했다.

우리는 그날 늦게까지 술을 마시며 이야기를 나누었다. 나는 힙에 대해서는 한 마디도 하지 않았다. 우리가 이제 일어나겠다며 자리에서 일어나자 미코버 씨도 따라 일어나면서 말했다.

"이보게, 코퍼필드, 내 두 친구에게 감사의 표시도 하지 않고 이렇게 보낼 수는 없다네. 내가 완전히 새로운 삶을 위해 먼 길을 떠나는 마당에 내가 꼭 해결해야 할 게 있다네."

마치 100킬로미터 이상 되는 먼 길을 떠나는 것 같은 말투였다. 그는 술을 두 잔 연거푸 입에 털어 넣더니 말을 이었다.

"작별하기 전에 내 의무를 다해야겠어. 트래들스 씨는 벌써 두 번이나 내 어음에 이서를 해주었어요. 하나는 트래들스 씨가 어렵게 해결해주었고 다른 하나는 아직 기한이 되지 않았지요. 첫 번째 채무액이 23파운드 4실링 9펜스 반이었고 두 번째 어음 액이 18파운드 6실링 2펜스입니다. 둘을 합하면 41파운드 10실링 11펜스 반입니다. 맞지요?

친구에게 이런 금전적 의무를 다하지 않고 떠난다면 두고두고 내 마음에 짐이 될 것입니다. 그래서 내 신용을 걸고 트래들스 씨에게 41파운드 10실링 11펜스 반의 약속어음을 전달하고자 합니다. 그래야 나는 사람들 사이에 떳떳하게 걸어다닐 수 있을 것입니다."

말을 마친 후 미코버 씨는 트래들스의 손에 약속어음을 넘겨주었다. 미코버 씨는 스스로 감동해 있었다. 그는 약속어음을 건네주면서 현금을 전달할 때와 똑같은 기분을 느꼈던 것이 틀림없었다.

　나중에 곰곰 생각해볼 여유가 생기기 전까지는 트래들스조
차도 그 차이를 전혀 느끼지 못하고 있었다.

도라를 사랑한다는 것

내가 새로운 생활을 시작한 지도 1주일이 지났다. 힘든 일들을 하면서 내 결의는 더 굳어졌으면 굳어졌지 결코 약해지지 않았다. 한 번 시작한 일은 무슨 수를 쓰더라도 끝내려 했으며 자신의 모든 것을 희생하기로 작정했다. 심지어 앞으로는 채식만 해야겠다는 생각까지 하기도 했다. 채식주의자가 되는 것이 도라를 위해 나를 희생하는 것일지도 모른다는 막연한 기분에 젖었던 것이다. 하지만 일시적인 막연한 기분에 그쳤을 뿐이다.

그 무렵 버킹엄 가에서의 우리의 생활은 완전히 자리를 잡았다. 딕 씨는 기쁜 마음으로 복사 일을 계속했으며 고모할머니는 하숙집에서 아예 주인마님이 되어버렸다. 크럽 부인을 휘어잡아버린 것이다. 크럽 부인은 옛날 우리 어머니 이상으로 고모할머니를 무서워했고, 고모할머니 기척만 나도 그 뚱뚱한 몸을 숨기려 애썼다. 그러나 단언하지만, 크럽 부인은 고모할머니를 존경했을망정 미워하지는 않았음이 틀림없다. 이유야 여럿 있었겠지만 고모할머니가 온 이후로 집 전체가 아주 깨끗해진 것도 한몫 거들었으리라.

나는 전보다 가난해진 게 아니라 더 부자가 된 것 같았다. 내가 편히 지낼 수 있도록 고모할머니가 이모저모 신경을 써주었기 때문이다. 고모할머니는 하루 종일 나를 위해 온갖 궁리를 다 하시는 것 같았다. 나의 불쌍한 어머니가 살아 계셨어도 이만큼 내게 신경을 써주지는 못했을 거라는 생각이 들 정도였다.

그리고 무엇보다 즐거웠던 일은 페거티가 이제는 고모할머니를 전처럼 무서워하지 않게 되었고 둘이 다정한 사이가 되었다는 사실이다. 고모할머니는 자주 페거티, 아니 바키스를 격려해주었고 페거티는 고마워했다.

페거티가 야머스로 돌아갈 날이 되어 헤어질 때가 되자 고모할머니가 그녀에게 말했다.

"그럼 잘 가게, 바키스. 몸조심하게나. 자네와 헤어지는 게 이렇게 섭섭할 줄이야!"

나는 페거티를 역마차 매표소까지 배웅했다. 헤어지는 순간 그녀는 눈물을 왈칵 쏟으며 소식이 없는 오라버니를 잘 부탁한다고 말한 후 덧붙였다.

"데이비 도련님, 수습이 끝나고 사무실 차릴 때 돈이 필요하면 언제든 제게 말해주세요. 도련님의 어머님이 저를 그토록 사랑해주셨는데…… 누구보다 기쁜 마음으로 도련님께 돈을 빌려드리겠어요! 아셨죠?"

나는 그녀의 말을 단호하게 거절할 정도로 비뚤어진 인간은 아니었다. 나는 만약 돈 빌릴 일이 생기면 누구보다 그녀에게 먼저 말하겠다고 약속했다. 그 자리에서 당장 빌려달라고 하는 게 그녀를 제일 기쁘게 하는 방법이었겠지만, 나는 차선책을 택했다.

토요일이 되었다. 실은 목을 빼고 기다리던 날이었다. 도라가 자기 집에 온다고 미스 밀스가 전한 바로 그날이었던 것이다. 나는 사무실에서 녹초가 될 정도로 일을 한 후 날이 저물자 밀스 씨의 집으로 갔다.

도라는 응접실 문 있는 곳까지 나와서 나를 맞아주었다. 애견 짚이 함께 있다가 나를 보고 짖어댔다. 나는 행복한 마음으로 안으로 들어갔다. 그런데 안으로 들어가자마자 내 말 한마디가 분위기를 다 망쳐놓았다.

미리 준비했던 말도 아닌데 불쑥 내 입에서 이런 말이 튀어나왔다.

"사랑하는 도라, 거지를 사랑할 수 있겠어요?"

도라는 깜짝 놀라는 표정을 지었다. 그녀는 재미있다는 듯 입을 삐죽 내밀고 말했다.

"왜 그런 바보 같은 질문을 하세요? 거지를 사랑하느냐고요? 어떻게 그런 바보 같은 질문을 내게 할 수 있어요? 짚에게 물어버리라고 할 거예요."

어린애 같은 그녀의 태도가 너무 귀여웠다. 하지만 밝힐 건 밝혀야 했다. 나는 엄숙한 얼굴로 말했다.

"사랑하는 도라, 당신의 데이비드는 파산했어요."

내가 너무도 진지하게 말하자 그녀는 그제야 떨리는 손을 내 어깨에 올려놓고 놀란 표정을 짓더니 급기야 울음을 터뜨렸다. 그러고는 더듬더듬 말했다.

"오, 하나님, 왜 나를 그렇게 무섭게 하는 거예요? 오, 줄리아 밀스는 어디 갔지? 줄리아를 데려다줘요. 당신은 제발 가줘요!"

나는 간청을 해서 겨우 그녀를 진정시켰다. 그리고 나는 내가 그녀를 만나면 해주리라고 밤낮없이 되새겼던 이야기들을 놀랄 정도로 술술 털어 놓았다.

진심으로 그녀를 사랑하지만 가난뱅이가 되었으니 그녀를 사랑할 자격을 잃었다는 걸 잘 안다, 하지만 그녀를 잃는다면 도저히 다시 일어날 힘을 얻을 수 없을 것 같다, 가난은 그다지 무섭지 않다, 그녀만 있으면 온몸에 힘이 솟구치니까 조금도 두렵지 않다, 지금 정말 열심히 일을 하고 있으며 비로소 현실을 제대로 보고 미래를 설계할 수 있게 되었다, 내 힘으로 얻은 빵 한 조각이 부모가 차려준 진수성찬보다 더 맛있다는 것을 알았다고 나는 한참을 떠들어댔다. 모두 진심이었다.

나는 그녀에게 물었다.

"사랑하는 도라, 당신의 마음은 아직 제 것인가요?"

"그래요, 제 마음은 당신 거예요. 그러니 이제 제발 그런 끔찍한 말은 하지 마세요. 가난하다느니, 열심히 일해야 한다느니, 그런 말은 제발 그만 해요!"

"하지만 도라, 아무리 딱딱한 빵이라도 자기 손으로 버는 것이……."

그녀가 내 말을 막았다.

"제발 빵 얘기는 하지 말아요. 짚은 매일 양고기를 먹어야 해요. 안 그러면 죽어버릴 거예요."

그녀는 정말 철없는 어린아이 같았다. 하지만 내게는 그 모습이 너무 매력적이었다. 나는 아무리 형편이 어려워도 짚에게 매일 양고기를 주겠다고 말했다.

도라가 그 어느 때보다도 매력적인 것은 사실이었지만 그녀와는 이치에 맞는 이야기를 한다는 것이 어렵다는 것을 깨달았다. 그리고 이제까지 나를 뜨겁게 달구었던 새로운 삶을 향한 열정이 조금은 식어가는 것 같았다. 내가 그녀와 내 굳은 결심과 열정을 함께 나누기를 얼마나 간절히 바랐던가!

나는 좀 더 다른 방식으로 그녀에게 말했다.

"도라, 놀랄 건 아무것도 없어요. 조금 상황이 바뀐 걸 알려주려고 한 것뿐이에요. 당신에게 용기를 주고 격려해주려 한 거지요. 도라, 좀 인내하면서 정신력만 발휘한다면 더 나쁜 일도 이겨나갈 수 있어요."

그러자 도라는 고개를 저으며 말했다.

"내게는 그런 힘이 없는데요. 자, 짚에게 뽀뽀해주고 우리 다른 즐거운 이야기를 해요."

그러면서 그녀는 짚을 내 앞에 내밀었다. 하지만 나는 이야기를 맺고 싶었다.

"하지만 도라, 당신이 때로는 당신 약혼자가 무일푼이라는 것을 생각해준다면……."

"제발 그만 해요. 무섭다니까요!"

나는 짐짓 명랑하게 말했다.

"별로 무섭지도 어렵지도 않은 일인데…… 아버지가 가사 처리를 어떻게 하시는지 좀 눈여겨보고, 가계부도 좀 들여다보고, 내가 보내줄 요리책도 좀 보고…… 요컨대 우리 둘이 험난한 길을 함께 헤쳐나가면……."

"정말 왜 이래요? 지긋지긋해요. 줄리아! 줄리아! 도대체 어디 있는 거야!"

그녀가 외치는 소리를 듣고 밀스 양이 방 안으로 들어왔다. 그녀는 처음에는 우리가 싸우는 줄 알았다. 하지만 도라가 그녀를 끌어안고 내가 가난뱅이 날품팔이로 전락했다고 외치는 바람에 사태를 파악했다. 이어서 도라는 나를 껴안더니 울먹이며 자기 돈을 내게 다 줄 테니 다 가지라고, 제발 무서운 이야기는 그만두라고 말했다.

미스 밀스는 정말로 하나님의 섭리로 우리를 위해 세상에 태어난 여자임이 틀림없었다. 그녀는 내 이야기를 몇 마디 듣더니 금방 도라를 설득했다. 내가 날품팔이 노동자가 된 게 아니라 형편이 조금 어려워진 것이고, 일을 좀 더 열심히 하게 된 것뿐이라고 그녀를 설득했다.

마음이 가라앉은 도라가 2층으로 화장을 다시 하러 간 사이 밀스가 내게 정말 현명한 충고를 해주었다.

"원칙적으로는 행복이 흐르는 오두막집이 싸늘하기만 한 호화로운 궁전보다 나은 법이지요. 사랑이 모든 것을 대신할 수 있으니까요. 또 시련이 사람들을 더 강하게 만들지요. 하지만 누구에게나 그런 건 아니에요. 특히 도라에게는 절대 아니에요. 도라는 태어날 때 그대로의 어린애랍니다. 밝고 명랑하게 사는 것밖에 모르는 애예요."

도라가 되돌아왔다. 나는 이미 마음이 뒤바뀌어 있었다. 내가 정말 사소한 일로 도라를 괴롭힌 것처럼 생각되었다. 도라가 나를 사랑하는 게 틀림없는데 뭐가 문제란 말인가! 내가 도라를 놀라게 하고 울게 만들었다고 생각하니 나 자신이 마치 선녀의 침실에 뛰어든 괴물 같았다.

위크필드와 우라이아

　　나와 도라의 관계는 곧 스펜로 씨에게 들통나고 말았다. 내가 도라에게 보냈던 「편지」 뭉치를 미스 머드스톤이 발견하고 곧장 스펜로 씨에게 알려준 것이다. 스펜로 씨는 나를 만나서 우리의 결혼을 절대 허락할 수 없다고 잘라 말했다. 하지만 놀라운 일이 벌어졌다. 스펜로 씨가 바로 그날 세상을 떠난 것이다. 「유언장」도 없었으며 거의 빈털터리였다. 그는 수입보다 낭비가 심했던 것으로 밝혀졌다. 도라는 퍼트니에 살고 있는 그녀의 두 고모와 함께 살게 되었다. 그 모든 일이 약 6주간에 갑자기 벌어졌다.

의욕에 넘쳐 열심히 살던 나는 그런 뜻밖의 일들을 겪고 의기소침해져 있었다. 갑작스럽게 벌어진 일들 앞에서 어떻게 해야 할지 갈피를 잡을 수 없었다. 고모할머니는 내게 도버에 다녀오라고 했다. 고모할머니는 세 준 집에 이상이 없는지 살펴보고 장기 계약을 맺고 오라고 했다. 하지만 실은 여행하면서 마음을 좀 달래라고 나를 배려해준 것이었다. 스트롱 박사님께 말씀드렸더니 흔쾌히 사흘간의 휴가를 주었다.

도버에 들르니 모든 것이 만족스러웠다. 특히 세입자가 고모할머니를 본받아 당나귀와 쉴 새 없이 전쟁을 벌이고 있다고 고모할머니에게 보고할 수 있었던 게 큰 소득이었다. 나는 그곳에서 간단히 일을 처리한 후 아침 일찍 캔터베리를 향해 떠났다.

겨울이었다. 온몸을 파고드는 매서운 겨울바람을 맞으며 캔터베리의 드넓은 대지를 바라보자니 마음이 한결 새로워지는 것 같았다.

캔터베리로 들어서자 나는 차분한 마음으로 옛날 거리를 거닐었다. 모든 것이 옛날 그대로였다. 이곳에서 학교를 다녔던 시절이 까마득한 옛날처럼 느껴졌는데 변한 게 하나도 없다는 게 신기하게 여겨졌다. 나는 위크필드 씨의 집으로 갔다.

위크필드 씨의 집에 도착해보니 옛날 우라이아 힙이 앉아 있던 방에서 미코버 씨가 열심히 펜을 놀리고 있었다. 우리는 반갑게 인사를 나누었다. 나는 그에게 위크필드 씨의 안부를 물었다. 그러자 그가 대답했다.

"훌륭한 분이지. 하지만 좀 무능력하고 시대에 뒤떨어진 것도 사실이야."

"우라이아 힙이 그렇게 만들고 있지요."

그러자 그가 정색을 하며 말했다.

"이보게, 코퍼필드! 내 말을 고깝게 듣지 말게. 나는 이곳에서 중요한 일을 하고 있어. 때로는 아내에게도 말해줄 수 없는 일도 생긴다네. 자네와는 오랜 친구이고 영원히 그럴 것이지만 일에 관해서는 어느 정도 선을 그어야 하는 것 아닐까?"

내가 그의 방을 나서자 그는 다시 일에 몰두했다. 나는 그와 나 사이에 깊은 도랑이 생겼으며 전처럼 허물없이 어울리기 어렵게 되었다는 느낌을 지울 수 없었다.

그 방을 나선 나는 아그네스의 방을 들여다보았다. 그녀는 오래된 책상에 앉아 무언가를 쓰고 있다가 나를 보자 반색을 하며 맞았다. 그녀와 인사를 나누면서 나는 놀라지 않을 수 없었다. 나를 괴롭히던 상황이 하나도 변한 게 없었건만 그녀를 보자마자 마치 모든 것이 해결된 것처럼 마음이 차분해지고 평온해진 것이다.

나는 그녀에게 도라에 관한 모든 일을 털어놓았다. 그리고 그녀에게 물었다.

"나는 이제 어떻게 해야 하지요, 아그네스?"

"제 생각에는요, 도라의 두 분 고모님께 「편지」를 써서 모든 것을 알리는 게 좋을 것 같아요. 무슨 일이든 은밀하게 일을 진행하는 건 당신 같은 사람에게는 어울리지 않아요. 나 같으면 두 분께 「편지」를 써서 방문 허락을 받겠어요."

그녀의 말을 들으니 마음이 한결 가벼워졌다. 나는 그녀의 방을 나와 위크필드 씨와 우라이아 힙을 만나러 아래층으로 내려갔다. 위크필드 씨는 이곳에 머무르는 동안 자기 집에서 지내라고 방을 하나 내주었다. 나는 그들과 간단히 인사를 나눈 후 다시 2층으로 올라갔다.

나는 2층으로 올라가면서 아그네스와 둘이 많은 이야기를 나눌 수 있으리라고 기대했다. 하지만 오산이었다. 내가 2층으로 올라간 지 얼마 되지 않아 힙 부인이 뜨개질 거리를 갖고 나타나더니 2층 난롯가에서 일을 해도 좋겠느냐고 묻는 것이 아닌가? 자신이 류머티즘을 앓고 있어 바람이 들어오는 응접실이나 식당보다는 여기가 낫다는 핑계였다. 나는 고개를 갸우뚱했지만 그저 그런가보다 생각했을 뿐이다. 아그네스와 허심탄회하게 이야기를 나눌 기회를 잃은 것이 아쉬울 뿐이었다.

하지만 힙 부인의 의도는 곧 드러났다. 그녀는 뜨개질을 하면서 자주 눈길을 나와 아그네스에게 돌렸다. 영락없는 감시의 눈길이었다. 흡사 사람을 옭아맬 그물을 뜨고 있는 마녀 같았다. 식사 때도 식사가 끝났을 때도 감시의 눈길은 여전했다. 나는 이 집 전체를 힙 모자가 박쥐 날개 같은 것으로 뒤덮고 있는 듯한 느낌을 받았다.

감시는 다음 날도 여전히 이어졌고 나는 아그네스와 단 1분도 이야기를 나누지 못했다. 해질 무렵 나는 답답한 마음에 산책에 나섰다. 얼마를 걸었을까. 어둠 속에서 누군가 나를 불렀다. 우라이아 힙이었다. 그가 잰걸음으로 내게 다가오더니 말했다.

"어휴, 웬 걸음이 그리 빠르세요. 저랑 천천히 걸으면서 이야기를 좀 나누시지요."

나는 아예 단도직입적으로 말해버렸다.

"아니, 당신 어머니의 눈을 피해 혼자 산책 좀 하고 싶어 나온 건데, 이번엔 당신이 나를 감시하러 따라온 거요?"

그러자 그가 히죽히죽 웃으며 말했다. 몸을 배배 꼬는 버릇은 여전했다.

"도련님도 원, 무슨 말씀을! 아시다시피 우리는 태생부터 천한 사람들이지요. 그 점을 뼈저리게 느끼고 있지요. 거기서 벗어나려고 발버둥치고 있고요. 그런데 신분이 고결한 누군가가 우리를 꼼짝 못하게 만들 수 있다면 어떻게 해야 하지요?"

이게 도대체 무슨 소리란 말인가? 내가 약간 어이없는 표정으로 그를 바라보자 그가 갑자기 눈을 빛내며 말했다.

"게다가 도련님, 사랑을 위해서라면 무슨 짓이라도 할 수 있는 거 아닌가요?"

나는 걸음을 멈추고 무슨 엉뚱한 소리를 하느냐며 그를 바라보았다.

"코퍼필드 도련님, 도련님은 제 연적입니다. 전부터 늘 그

랬지요.”

“아니, 그렇다면 미스 위크필드를 곁에서 감시하고 옴짝달싹 못하게 하는 게 나 때문이란 말이요?”

“뭐, 그렇기도 하고 아니기도 하지요.”

속눈썹이라곤 없는 그의 천박하고 교활한 눈이 이 세상 그 무엇보다도 역겨워 보였다.

“이보시오, 딱 잘라 말합시다. 나는 이미 약혼한 몸이오. 당신 같은 악당에게 털어놓을 일은 아니지만 아그네스 양을 위해 할 수 없이 말하는 거요.”

“도련님, 그렇다면 진작 말씀해주셨어야지요. 바로 어머니에게 손을 떼시라고 하겠습니다. 다 사랑 때문에 저지른 일이니 용서해주시겠지요?”

그 말을 하는 동안 그는 그 축축한 손으로 내 손을 꼭 잡고 있었다. 나는 내 손을 빼내려 했지만 그럴 수 없었다. 그가 내 손을 잡아당겨 아예 그의 외투 속에 넣어버린 것이다. 우리는 마치 팔짱이라도 낀 것 같은 모습으로 걸을 수밖에 없었다.

오랜 침묵 끝에 내가 그에게 말했다.

“내가 당신에게 꼭 해줄 말이 있소. 당신에게 아그네스는 까마득히 높이 떠 있는 달과 같은 존재요. 당신 같은 사람이 아무리 간절히 원해도 도저히 손에 넣을 수 없을 거요.”

“그렇군요. 도련님은 처음부터 제가 싫었지요? 나는 도련님을 좋아했는데…… 하긴 나는 더할 수 없이 비천한 놈이니까…….”

“나는 자기가 천하다고 스스로 떠들어대는 것처럼 천한 건 없다고 생각하는데요.”

그러자 우라이아가 몸을 앞으로 내밀며 말했다. 달빛을 받은 그의 얼굴빛이 창백하다 못해 납처럼 푸르스름했다.

“맞아요. 하지만 도련님은 나 같은 사람에게 그 천박함이 얼마나 어울리는지, 왜 늘 천박함과 함께 하는지 도저히 이해할 수 없어요. 저희 부모님과 나는 모두 자선학교를 다녔어요. 밤낮이고 우리가 배운 것은 겸손뿐이었지요. 다른 건 하나도 가르쳐주지 않았어요. 여기서도 굽실, 저기서도 굽실해야만 했지요. 자랑할 건 하나도 없었어요. 내세울 건 겸손과 비굴뿐이었지요. 겸손 경쟁에서 이긴 사람만이 상을 받았어요. 아버지나 나나 굽실거려야만 일자리를 얻을 수 있었어요. 아버지는 ‘얘야, 겸손해라, 그래야 살아남고 출세한다’고 늘 말

쓸하셨고 학교에서도 귀가 따갑게 그 소리를 들었지요. 결과요? 보시다시피 나쁘지 않았어요. 남들에게 굽히며 살아온 결과 약간의 권력을 손에 쥐게 되었으니까요."

나는 그의 겸손과 비굴함이 위선이 아니라 아예 생래적이라는 것을 깨달았다. 그리고 그가 그 이야기를 내게 해주는 이유도 깨달았다. 그는 자신이 지금 손에 쥔 권력을 지금까지 당한 것을 되갚아주는 데 사용하겠다고 은근히 내게 선언한 것이었다.

저녁 식사 후 나와 위크필드 씨, 그리고 우라이아 셋이 남게 되었다. 우라이아는 매우 명랑했고 대담해졌다. 그는 말로만 듣던 대로 위크필드 씨에게 자꾸 술을 권했다. 내가 보기에도 위크필드 씨는 동시에 두 가지 이유로 괴로워했다. 우라이아의 건방진 태도에서 참을 수 없는 수치심을 느끼면서도, 그의 환심을 사야만 한다는 요구 사이에서 찢기고 있었던 것이다.

우라이아가 잔을 높이 들며 위크필드 씨에게 말했다.

"자, 우리 동업자 선생님, 이제 코퍼필드 씨를 위해 건배했으니 또 한 사람을 위해 건배하고 싶습니다. 이 세상에서 가장 신성한 분을 위해 건배하고 싶으니 잔을 가득 채워주십시오."

위크필드 씨는 기운이 없는 듯 의자에 앉았다. 우라이아는 위크필드 씨를 바라보며 계속 말했다.

"제가 따님의 건강을 빌며 축배를 들기에는 너무 비천한 놈이라는 걸 저는 잘 알고 있습니다. 하지만 저는 그녀를 존경합니다. 아니, 감히 말한다면 열렬히 사랑하고 있습니다. 아그네스 양은 천사입니다. 이제 우리들 사이에서 솔직하게 못 할 말이 없겠지요? 제가 그녀의 남편이 되는 영광을 누릴 수만 있다면……."

그러자 위크필드 씨가 벼락같이 고함을 지르며 자리에서 벌떡 일어났다.

그러자 우라이아는 안색이 창백해지며 말했다.

"왜 그러시나요? 화를 내시는 것은 아니겠지요? 제가 당신의 아그네스를 나의 아그네스로 만들고 싶다는 게 잘못된 생각인가요? 나도 다른 사람만큼 그럴 자격이 있습니다. 아니, 그 이상이지요."

나는 두 팔로 위크필드 씨를 껴안고 온 힘을 다해 그를 진정시키려 애썼다. 하지만 그는 제정신이 아니었다. 머리칼을

쥐어뜯고 나를 떠다 밀며 내게서 빠져나가려 했다. 아, 정말 끔찍한 광경이었다. 나는 필사적으로 위크필드 씨를 달랬다. 특히 아그네스의 이름을 자꾸 입에 올리며 그가 제정신이 들기를 바랐다.

이윽고 그가 제정신이 돌아왔는지 조용해졌다. 그리고 우라이아를 손가락으로 가리키며 내게 말했다.

"아, 트롯우드, 저자를 보게."

우라이아는 위크필드 씨의 뜻밖의 반응에 놀란 듯 한쪽 구석에서 우리 둘을 노려보고 있었다.

"저놈이 조금씩 내 이름, 내 명예, 내 평화를 빼앗아가더니 이제는 내 가정의 평화까지 빼앗아가려 하고 있어."

그러자 우라이아가 응수했다.

"절대 아니지요. 제가 지켜드린 것들을 오히려 빼앗겼다고 말씀하시다니요."

그가 이번에는 나를 보고 말했다.

"코퍼필드 씨, 내 분명히 말합니다. 빨리 저분의 입을 막지 않으면 나중에 두 분 다 후회하실 말이 튀어나올 것입니다. 빨리 입을 막으세요."

그러자 위크필드 씨가 자포자기한 듯 말했다.

"내 다 말하겠어. 모두 내가 너무 약해서 벌어진 일이야. 아내를 잃은 슬픔이 병이 되어 나를 사로잡은 거야. 내 딸을 향한 내 사랑도 마찬가지야. 나는 내 딸을 너무 사랑한 나머지 이 세상에서 가장 소중한 내 딸을 불행하게 만든 거야. 내 손이 닿는 것은 모두 독이 되어버렸어. 나는 병들고 약한 내 마음을 양식으로 삼아 살아왔고 이번엔 바로 그 먹이가 된 셈이야. 아아, 나는 패배자가 된 거야. 아아, 트롯우드, 이제 나를 버려두게."

그는 의자에 털썩 주저앉더니 말했다.

"나는 내가 무슨 짓을 저질렀는지도 몰라. 나는 너무 어리석었어. 저놈만 알고 있어. 언제나 내 옆에 붙어서 속삭여왔으니까. 저놈은 내 목덜미에 매달려 있는 돌덩이야."

그때 문이 열렸다. 아그네스가 들어온 것이다. 그녀는 창백한 얼굴을 하고 있었다. 그녀는 아버지 목을 한 팔로 껴안더니 조용히 말했다.

"아빠, 몸이 불편하신가봐요. 저랑 가요."

위크필드 씨는 딸의 어깨에 머리를 기대고 나가버렸다. 나와 아그네스는 아주 짧게 눈길이 마주쳤을 뿐이지만 그녀가 모든 것을 알고 있음을 나는 눈치 챌 수 있었다.

다음 날 새벽 내가 마차에 올랐을 때 주위는 아직 캄캄했다. 마차가 출발하려 할 때 겨우 먼동이 트고 있었다. 나는 아그네스가 어떻게 될 것인지 걱정에 잠겨 마차에 앉아 있었다. 그때 우라이아가 불쑥 나타나서 쉰 목소리로 내게 말했다.

"코퍼필드 씨, 떠나시기 전에 아시는 게 좋을 것 같아 달려왔습니다. 위크필드 씨와 저 사이에는 이제 아무 문제도 없습니다. 제가 그분 방으로 찾아가서 모든 일을 원만히 다 해결했지요. 제가 미천한 놈이지만 그분께 쓸모 있는 놈이란 건 도련님도 잘 아시지요? 그분도 술만 취하지 않으면 손익을 충분히 따지실 줄 아는 분이고요."

나는 그에게 직접 사과를 했다니 참 잘했다는 말을 억지로 했다. 그러자 그가 말했다.

"저같이 비천한 놈에게 사과 따위가 무슨 대수겠습니까? 누워서 떡 먹기죠."

그는 몸을 배배 꼬면서 말했다.

"도련님도 설익은 감을 먹어본 적이 있지요?"

"그야, 물론……."

"어젯밤에 제가 그런 실수를 했습니다. 아직 익지도 않았는데 감을 따려고 한 거지요. 하지만 시간이 흐르면 익게 되어 있지요."

그는 입맛을 다시듯이 입을 쩝쩝거렸다.

도라의 고모들

　　　　　집으로 돌아온 나는 곧장 아그네스의
충고를 실천했다. 도라의 고모들에게「편지」를 한 것이다. 나
는「답장」을 기다렸지만 1주일이 지나도록「답장」은 오지 않
았다.「답장」을 기다리는 동안 내게 벌어진 놀라운 일을 간략
하게나마 이야기하지 않을 수 없다. 독자들도 충분히 궁금해
할 일이기 때문이다.

　어느 날 밤 스트롱 박사님 댁을 나와서 집으로 걸어가던 중
놀랍게도 나는 세인트 마틴 교회 계단에서 페거티 씨를 만났
다. 페거티 씨는 에밀리를 찾아 프랑스, 이탈리아, 스위스까지
갔다 왔다고 했다. 그는 야머스에 잠깐 들렀다가 다시 에밀리

를 찾아 나선 것이었다. 그의 손에는 에밀리가 두 번에 걸쳐 보낸 「편지」, 그리고 「편지」와 함께 부친 50파운드의 돈이 들려 있었다. 그는 그 돈을 스티어포스의 눈앞에 던져버리겠다고 했다. 그는 다시 에밀리를 찾아 외로운 추적의 길을 떠났다. 펑펑 내리는 눈에 그의 발자국은 금세 지워져버렸다.

에밀리와 페거티 씨에 관한 이야기는 이 정도로 간단하게 줄이고 다시 도라와 나에 관한 이야기로 돌아가기로 하자. 이들에 대한 궁금증은 나중에 풀 수 있게 될 것이다.

마침내 도라의 고모들에게서 「답장」이 왔다. 아주 정중한 「편지」였다. 그들은 내게 정중하게 경의를 표한 다음 언젠가 한번 방문해주시면 내가 「편지」에 쓴 내용에 대해 충분히 상의할 시간을 가질 수 있을 것이라고 썼다. 그녀들은 혼자 오기 뭣하면 친구 한 분과 함께 오셔도 좋다고 「편지」에 적었다.

나는 법학원에 다니는 친구 트래들스 씨와 함께 방문하겠다는 「답장」을 보냈다. 물론 함께 가주겠다는 트래들스의 승낙을 받은 다음이었다. 「답장」을 보낸 후 약속 날까지 내가 얼마나 초조하게 지냈는지는 독자 여러분 누구나 짐작할 수 있을 것이다. 도라의 고모들이 어떤 사람들인지, 그녀들이 나와 도라의 결합을 어떻게 생각할 것인지 조금이라도 짐작할 만한 정보가 전혀 없었다. 게다가 아버지가 돌아가신 후 도라의 심경이 어떠한지 알 수 없었기에 나의 초조함은 더했다.

이 중대한 일에 미스 밀스의 도움을 청할 수 없다는 것이 더욱 아쉬웠다. 그녀의 아버지 밀스 씨는 하필 이런 중차대한 일을 앞두고 식구들을 모두 데리고 인도로 가게 된 것이다. 인도 무역에 종사하던 그가 아마 그곳 주재 조합원의 자격으로 떠나게 된 것 같았다. 그가 그곳으로 가건 안 가건 나와는 상관없는 일이었다. 하지만 줄리아 밀스도 데리고 간다는 게 문제였다. 미스 밀스는 친척들과 작별인사를 하려고 시골에 가 있었던 것이다. 강력한 조력자가 없었으니 어쨌든 내 힘으로 부딪쳐보는 수밖에 없었다.

이윽고 약속한 날이 왔다. 나와 트래들스는 그들이 사는 퍼트니로 향했다. 전에 뻔질나게 드나들던 하이게이트보다는 좀 먼 거리였다.

상복을 입은 두 부인이 우리를 맞아주었다. 나는 정신이 하나도 없이 허둥지둥 인사를 했다. 두 부인은 죽은 스펜로 씨와

도라의 고모들

너무 닮아서 마치 나무로 만든 마네킹을 보는 것 같았다. 두 부인 모두 스펜로 씨의 동생이 아니라 누나들이라는 것을 금방 알 수 있었다. 두 부인의 나이 차는 다섯 살 정도 되어 보였다. 내가 보낸 「편지」를 동생이 들고 있는 것으로 보아 이 면담을 주관하고 있는 것은 바로 그녀라는 것을 알 수 있었다.

언니가 먼저 말했다.

"코퍼필드 씨, 제 동생 라비니아는 이런 일에 아주 정통하니까, 양쪽의 행복을 위해 가장 현명한 결정을 내릴 수 있을 거예요."

나중에 알게 된 일이지만 아주 옛날 함께 카드놀이 하던 피저라는 남자가 그녀를 사모하게 된 일이 있은 후, 그녀는 연애 방면에 권위자 행세를 할 수 있었다는 것이었다. 하지만 피저라는 남자가 정말 그녀에게 연모의 정을 가졌는지 아닌지는 그 후로 전혀 밝혀진 바 없다는 것도 나는 알게 되었다. 그가 60세의 나이에 사고로 요절(?)하지 않았으면 언젠가 사랑을 고백했으리라는 믿음을 두 자매는 여전히 갖고 있었다.

어쨌든 동생의 이름이 라비니아인 것을 정확히 확인할 수 있었다. 언니의 이름은 클라리사였다.

라비니아가 과연 연애의 권위자답게 직설적으로 물었다.

"코퍼필드 씨, 불쌍한 동생이 죽었으니 이전 문제는 모두 없었던 걸로 하지요. 코퍼필드 씨, 당신은 우리 조카딸의 정식 구혼자 자격으로 우리 집을 방문할 수 있게 해달라고 하셨지요? 동생이 죽었으니 우리 조카딸에 대한 당신의 생각도 많이 바뀌었으리라고 생각하는데, 여전히 조카딸에 대한 애정을 가지고 계시다고 믿어도 되겠지요?"

연애의 권위자치고는 참으로 사무적인 언사였다. 나는 틈을 놓치지 않고 내가 얼마나 도라를 사랑하는지는 하늘이 다 아실 거라고 말했다. 트래들스도 옆에서 나를 거들어주었다.

그녀가 말을 계속했다.

"코퍼필드 씨, 우리 자매와 조카딸은 당신의 이 「편지」를 놓고 정말 신중하게 논의했습니다. 코퍼필드 씨께서 저희 조카딸을 좋아한다고 생각하고 계신 것은 의심하지 않아요."

나는 정신없이 소리쳤다.

"생각하다니요! 무슨 그런 말씀을……."

그러자 라비니아가 점잖게 말했다.

"진정한 애정이나 찬사, 헌신은 그렇게 쉽게 말로 표현할 수 있는 게 아니랍니다. 그 목소리는 아주 낮고 힘이 없지요. 사랑의 감정이란 겸손하고 신중한 것이라서 숨어서 기다리는 법이랍니다. 때로는 인생 전체가 그 감정이 무르익길 기다리며 흘러가 버릴 수도 있는 거랍니다."

미스 라비니아는 동의를 구하는 것처럼 언니를 돌아보았다. 나는 세상에 그런 사랑이 어디 있느냐고 속으로 반박했다. 나는 그때 그녀가 피저를 염두에 두고 그 말을 한다는 것을 아직 몰랐다. 다만 언니 클라리사가 의미심장하게 고개를 끄덕이는 것으로 보아 무슨 사연이 있으리라고 짐작을 할 수 있을 뿐이었다.

나는 도대체 무슨 이야기를 하려고 저렇게 뜸을 들이나 속이 타들어갈 지경이었다. 미스 라비니아는 내 「편지」를 다시 집어 들더니 안경 너머로 그 내용을 보며 내게 말했다.

"현재로서는 코퍼필드 씨와 조카딸의 감정 속에 얼마만큼의 진실이 들어 있는지 판단할 처지가 아니에요. 그러니까 지금으로서는 코퍼필드 씨가 여기에 오셔서 저의 조카딸을 만나는 것을 허락하는 선에서, 코퍼필드 씨의 제안을 받아들이도록 하겠어요."

나는 모든 마음의 짐을 내려놓았다는 생각에 기뻐서 소리
쳤다.

"부인, 저는 결코 두 분의 친절을 잊지 않겠습니다."

그러자 미스 라비니아가 내 말을 막으며 급히 말을 이었다.

"하지만 현재로서는 다만 저희를 찾아오시는 걸로만 알겠
습니다. 말하자면 약혼을 인정한다는 뜻은 아니니까, 앞으로
기회를 봐서……."

그러자 미스 클라리사가 말을 자르고 나섰다.

"그러니까 이런 문제를 잘 아는 네가 충분히 살펴보겠다는
말이지?"

"맞아요. 내가 찬찬히 살펴보겠어요." 미스 라비니아가 한
숨을 내쉬며 고개를 끄덕였다.

라비니아가 다시 말했다.

"자, 좀 더 자세하게 말해줄게요. 앞으로는 우리 조카딸과
어떤「편지」왕래도 하지 않겠다고 약속해줘야겠어요. 조카딸
에 대해 어떤 계획을 품게 되더라도 먼저 우리와 의논을 해주
어야 하고요. 자, 서약을 하시겠어요?"

나는 기꺼이 서약했다. 이번에는 미스 클라리사가 그「서약

서」를 보며 내게 말했다.

"코퍼필드 씨, 형편이 허락한다면 일요일마다 식사하러 와주시겠어요? 식사 시간은 3시입니다. 가능하다면 평일에도 오셔서 차라도 함께 들었으면 좋겠어요. 시간은 6시 반입니다."

나는 기쁨을 감추며 꾸벅 인사했다. 그러자 클라리사가 덧붙였다.

"원칙적으로 1주일에 두 번입니다. 그 이상은 안 됩니다."

나는 매우 황송해하며 죄송하지만 평일의 방문을 토요일로 바꾸면 안 되겠냐고 조심스럽게 말했다. 평일에는 아무리 해도 시간을 내기가 쉽지 않을 것 같았기 때문이다. 클라리사는 선선히 동의해주었다.

마지막으로 클라리사가 말했다.

"코퍼필드 씨, 「편지」에 미스 트롯우드 이야기도 쓰셨지요? 그분이 저희를 한번 방문해주시면 감사하겠습니다. 기꺼이 허락해주신다면 저희도 답례 방문을 하겠습니다."

나는 고모할머니께서 두 분과 사귀시게 되면 영광으로 생각하실 것이며 대단히 기뻐하실 것이라고 말했다. 솔직히 고모할머니와 이들이 잘 맞을지는 의문이었지만 그건 문제가 아니었다.

　마침내 긴 협상이 마무리되자 라비니아가 일어서더니 나에게 따라오라고 했다. 나는 그녀를 따라 엉거주춤한 자세로 다른 방으로 들어갔다. 아, 도라, 사랑스런 나의 도라가 그곳에 있었다.

　오! 상복을 입은 그녀는 얼마나 아름다웠는지! 그녀는 나를 보자 눈물을 흘렸다. 아버지를 잃은 슬픔의 눈물과 나를 만난 반가움의 눈물을 동시에 흘린 것이리라. 하지만 그날 나는 도라와 오래 있지 못했다. 돌아갈 시간이 되었다며 금방 라비니아가 우리에게 왔기 때문이다.

　집으로 돌아온 나는 고모할머니에게 자초지종을 보고했다. 고모할머니도 기뻐하시며 곧바로 도라의 고모들을 방문하겠다고 약속했다. 나는 아그네스에게 그녀의 충고 덕에 일이 잘되었다고 「편지」를 썼다.

　그렇지 않아도 바빴던 나는 이제 더 바빠졌다. 주말을 온통 퍼트니로 가서 도라를 만나는 데 써버렸기 때문이다. 고모할머니와 도라의 고모들 간의 교제도 생각보다 원만히 이루어지고 있는 것 같아서 조금도 신경 쓰이지 않았다. 고모할머니는 내가 그곳을 방문한 지 사흘 만에 그곳을 찾아갔고 그녀들도 예의를 갖추어 고모할머니를 방문했으며 그 후로도 서너 주일의 간격을 두고 왕래가 이루어졌다.

이제 만사 오케이였다. 다만 한 가지 걸리는 게 있었다. 그것은 모두가 도라를 한결같이 예쁜 장난감처럼 여긴다는 것이었다. 도라의 고모들은 말할 것도 없고 고모할머니까지 그녀를 '귀여운 꽃송이'라고 불렀다.

나로서는 그게 좀 불만이었다. 그래서 하루는 틈을 잡아서 큰맘 먹고 도라에게 말했다.

"도라, 나는 이제 사람들이 당신을 좀 다른 식으로 다루어 주었으면 좋겠어. 당신은 이제 어린애가 아니잖아요?"

그녀는 즉석에서 대답했다.

"도디, 이제 성격이 점점 까다로워지시네요."

도디는 그녀가 나를 부르는 애칭이었다.

"내가 까다롭다고?"

"그래요. 다들 나를 즐겁게 해주는데 왜 그런 소리를 하는 거예요?"

"그래? 즐겁다면 다행이지만 나는 당신이 조금 더 어른대접을 받았으면 해서······."

도라는 화난 얼굴로(그때가 제일 사랑스럽다!) 자기가 싫으면 무엇 때문에 약혼을 했느냐며, 지금이라도 싫으면 당장 가버리라고 말하더니 훌쩍훌쩍 흐느끼기 시작했다. 그 상황에서 그녀의 눈물을 닦아주며 잘못했다고 비는 수밖에 달리 무슨 수가 있겠는가!

사실 도라가 나름대로 애를 쓴 것도 사실이다. 도라는 자진해서 내가 전에 말했던 요리책을 달라고 했고 가계부 쓰는 법을 가르쳐달라고 했다.

나는 다음 번 방문 때 요리책을 예쁘게 제본해서 가져갔다. 그리고 고모할머니의 옛 가계부를 전해주며 직접 연습해보라고 예쁜 연필과 필통도 사주었다. 그러나 요리책은 그녀를 골치 아프게 했을 뿐이었고 숫자는 아예 고개를 절레절레 흔들게 만들었다. 그녀는 곧 가계부의 숫자를 모두 지워버리고 꽃그림, 내 얼굴 그림으로 가계부를 잔뜩 채워놓았다.

나는 포기하지 않고 그녀에게 살림살이에 대해 직접 가르쳐보기로 했다. 어느 토요일 날 함께 산책을 하면서 내가 그녀에게 물었다.

"도라, 우리 결혼해서 반찬거리로 양 다리를 산다고 칩시다. 어떤 식으로 사는지 알고 싶지 않아?"

그러면 그녀는 곧바로 고개를 숙이고 키스로 내 입을 막아 버리려 했다. 나는 이대로 물러설 수 없다는 생각에 한 번 더 물었다.

"도라, 정육점에서 어떤 식으로 양고기를 사야 하는지 알고 있소?"

도라는 잠깐 생각하다가 당당하게 대답했다.

"그건 정육점 주인이 잘 알고 있잖아요! 그걸 왜 내가 알아야 해요? 그것도 모르다니 당신은 참 바보예요!"

한번은 요리책을 보면서, 우리가 결혼한 다음, 내가 맛있는 스튜를 먹고 싶다고 하면 어떻게 하겠느냐고 그녀에게 물었다. 그녀는 조금도 망설이지 않고 식모를 시키면 되지 않느냐고 대답했다. 그러고는 정말로 귀엽게 웃었다.

결국 요리책은 방구석에서 짚의 발받침으로 전락하고 말았다. 도라는 짚이 그 위에 서서 필통을 입에 물고 노는 재주를 가르치며 즐거워했다. 그리고 그 모습을 보며 나도 즐거워

했다. 그리고 문득 나도 그녀를 장난감 다루듯 하는 건 아닌가
생각하고는 깜짝 놀라기도 했다.

그 시절의 나를 돌아보며

　　　　　그 와중에도 나는 정말 끔찍할 정도로 속기술을 열심히 공부했다. 나는 타고난 재능이란 재능은 남김없이 혹사했다. 한번 시작한 일은 무엇이든 온 힘을 기울여 완수하려고 노력했다. 또한 한번 목표로 정한 것은 아무리 어렵더라도 꼭 이루려고 최선을 다했다. 재능을 아무리 타고났더라도 성실함과 소박함, 그리고 근면함이 없이는 아무것도 이룰 수 없다는 것은 만고의 진리다. 이 세상에서 그런 것들 없이 성공을 바란다면 정말 염치없는 일이며, 그런 일은 절대로 벌어지지 않는다. 천부적인 재능과 행운은 사다리의 양쪽 기둥일 뿐이다. 노력이라는 발판이 없으면 결코 위로 오를 수 없다. 온 힘을 기울여야 할 때, 또한 충분히 그럴 수 있을 때 가볍게 한 손만 걸치는 짓, 자신이 하게 된 일을 하찮게 여기는 짓—이 두 가지를 나는 평생 절대로 해서는 안 되는 절대적 금기로 삼았으며 그 금기가 바로 오늘의 나를 만들었다고 확신한다.

그리고 고백한다. 내가 신조로 삼게 된 이러한 삶의 자세는 모두 아그네스에게서 배운 것이다. 그녀는 내가 그녀를 처음 본 순간부터 계속 나를 제 길로 인도해준 별 같은 존재였다. 아, 한 가지 덧붙이자. 아그네스가 두 주일 머물 예정으로 스트롱 박사 댁을 찾아왔을 때 나는 그녀에게 도라를 소개해주었다.

처음에 도라는 아그네스를 두려워했다. 아마 아그네스가 정말 현명한 여자라고 내가 자주 말했기 때문이었을 것이다. 하지만 실제로 아그네스를 만나보고 그녀가 더없이 쾌활하고 착한 여자라는 것을 알고는 곧 아그네스를 좋아하게 되었다.

아그네스도 내게 도라를 칭찬해주었다. 그리고 어렵게 쟁취한 사랑이니 소중하게 가꾸라고, 불쌍한 고아가 된 도라를 행복하게 해주어야 한다고 내게 충고했다. 정말 아그네스다운 칭찬이며 충고였다.

나는 그녀의 신상에 대해 은근히 물어보았다. 우라이아 힙의 그 짐승 같은 얼굴이 그녀의 고결한 얼굴에 겹쳐지면 진저리가 쳐졌다.

"아그네스, 이런 말을 하고 싶지는 않지만 지난번 일이 좀 걱정되네요. 그 뒤에 아무 일도 없었나요?"

"아무 일도 없었어요. 당신이 무슨 걱정하는지 알아요. 하지만 걱정 말아요. 나는 오직 사랑과 진실의 길만 가는 사람이에요. 당신이 염려하는 그 길로는 절대로 발을 들여놓지 않을 거예요."

나는 그녀의 말을 듣고 얼마나 안도했는지 모른다.

노력의 결과 나는 법적으로 성년이 된 스물한 살에 원하던 것을 손에 넣었다. 우선 그 어려운 속기술의 비법을 터득했다. 그로 인해 평판도 높아졌고 수입도 상당해졌다. 그리고 의회 토론 기사를 조간신문사에 보내는 일도 맡았다.

또한 나는 새로운 일을 시작했다. 조심스럽게 창작에 손을 대기 시작한 것이다. 아무에게도 말하지 않고 짧은 글을 써서 잡지사에 보냈더니 그 글이 잡지에 실렸다. 그 후 공들여 짧은 글들을 쓰기 시작했고 정기적으로 원고료도 받게 되었다.

모든 수입을 합하면 연수 350파운드 가까이 되니 생활도 윤택해졌다. 사는 곳도 버킹엄 거리를 나와 근처의 아늑하고 아담한 집으로 이사했다. 고모할머니는 도버의 집을 팔았다. 고모할머니는 평생 나와 함께 살 생각은 없다며 근처의 작은 집을 하나 구하셨다. 고모할머니는 내 결혼을 염두에 두고 계셨던 것이다.

그렇다! 나는 도라와 결혼했다. 라비니아와 클라리사가 마침내 우리들의 결혼에 동의한 것이다. 도라의 고모들의 모습은 날개를 푸드덕거리며 일하느라 바쁜 새들의 모습 바로 그것이었다. 그녀들은 도라를 완전히 인형으로 만들어놓았다. 클라리사와 고모할머니는 우리들 신접살림을 장만하기 위해 런던을 종횡무진 누볐다.

페거티도 와서 함께 도왔다. 그녀의 손이 닿는 모든 것이 반들반들해졌다. 그러고 보니 그녀의 오빠가 사람들 얼굴을 살피며 런던 거리를 오가다가 가끔 내 눈에 띈 것도 이때쯤이었다. 하지만 나는 그에게 말을 걸지 않았다. 그가 간절한 마음으로 무엇을 찾아 헤매는지 잘 알고 있었기에 그를 방해하고 싶지 않았기 때문이다. 다만 단 한 번 그가 살고 있는 집 주소만 그에게서 받아냈다.

청년기의 나의 꿈이 이제 눈앞의 현실로 다가오고 있었다. 「혼인 증명서」를 받는다는 것! 데이비드 코퍼필드와 도라 스펜로의 이름이 나란히 적힌 증서를 받는다는 것! 그것은 이제 내가 꿈꾸던 것을 이룩했다는 것을 말해주고 있었고 내가 이제까지와는 다른 세계로 들어가게 되었다는 것을 말해주고 있었다.

제
10
장

신혼생활

　　　　　　　　　　신혼여행을 마치고 아담한 집에 도라
와 단둘이 있자니 정말 신기했다. 온종일 도라와 있을 수 있
게 되다니 이렇게 놀라울 수가! 그녀를 만나러 나갈 필요도
없고, 그녀에게 「편지」를 쓰지 않아도 되고, 단둘이 있기 위해
온갖 꾀를 내야 할 필요도 없다니! 세상에 어떻게 이런 일이!

　국회일이 늦게 끝나 밤늦은 시각에 퇴근하고 돌아올 때, 집
에서 도라가 나를 기다리고 있다는 생각을 하며 나는 얼마나
신기하게 여겼는가! 그녀가 천천히 자기 방에서 나와 나를 맞
이하는 것을 보고 나는 얼마나 황홀했던가! 내가 늦은 저녁을
먹을 때 내 곁에서 나를 지켜보며 말을 거는 그녀! 매일 저녁

그녀가 내 앞에서 머리를 마는 모습을 볼 수 있다는 것은 정말 놀라운 일 아닌가!

하지만 도라와 나는 이른바 살림살이에 대해서는 완전 꽝이었다. 아무리 어린 새 두 마리라 하더라도 우리보다 더 살림살이가 서투르지는 않았으리라. 우리는 물론 하녀를 두었다. 하지만 그 하녀가 엉망이었다. 식사 준비를 제 시간에 못 하기 일쑤였다. 고기가 반은 먹을 수 없을 정도로 태워버리고, 반은 아예 날것인 채로 식탁에 오르곤 했다.

도라와 나는 그 하녀 때문에 처음으로 싸웠다. 하녀 이름은 매리 앤이었다. 어느 날, 저녁 식사 후 외출할 일이 있었는데 식사 준비가 안 되어 굶고 나가야만 했다. 나는 도라에게 매리에 대해 불평을 했다.

"여보, 매리 앤에게 좀 단단히 일러주면 좋겠소. 저녁도 못 먹고 외출을 해야 하다니 이건 좀 심하지 않소?"

그러자 도라가 얼른 내 무릎 위에 앉더니 내 코 위에 연필로 선을 하나 그으며 말했다.

"어머, 우리 심술쟁이 남편 이마에 이게 웬 보기 흉한 주름살이람!"

"여보, 가끔은 좀 심각할 줄도 알아야 해요. 당신, 매리 앤을 좀 더 제대로 감독할 수 없겠소?"

그러자 도라가 말했다.

"어머, 당신 나랑 결혼한 거 후회하시는 거예요? 이렇게 나를 야단치다니…….'

"야단치는 게 아니라 이치가 그렇다는 거요."

"이치를 따지는 게 더 나빠요. 나는 이치를 따지자고 결혼하지 않았어요. 당신은 나를 사랑하지 않는군요. 사랑하는 사람에게는 이치를 따지지 않는 법이잖아요."

그녀가 엉뚱한 방향에서 나를 비난하자 나도 은근히 부아가 솟았다.

"도라, 당신은 정말 어린애 같구려. 내가 어디 당신을 비난하는 거요? 집안 살림살이에 신경을 좀 써달라는 거지. 어제도 나는 저녁을 반도 못 먹고 나가야 했고, 그제는 설구운 송아지 고기를 급히 먹다가 체해버렸소. 또 오늘 아침 식사는 얼마나 기다려야 했소? 게다가 찻물도 끓이지 않았소. 당신이 매리 앤을 조금만 잘 감독하면 될 일이 아니오?"

그녀는 훌쩍훌쩍 울기 시작했다.

"나는 바보라서 그 애를 감독할 수 없어요. 그리고 내가 당신을 위해 얼마나 신경을 쓰고 있는데 고마움도 모르고 그런 말을 하다니……. 당신도 알잖아요. 저번에 당신이 생선이 먹고 싶다기에 당신을 놀라게 하려고 멀리까지 직접 가서 주문했잖아요."

"아, 그건 정말 고마웠소. 그래서 연어 한 마리를 통째로 사 왔는데도 아무 말 안 했던 거요. 우리 두 사람이 먹기에는 양이 너무 많았고 게다가 우리 형편에 1파운드 6실링은 정말 큰 돈이오. 우리에게 그만한 여유는 없소."

"그 연어를 아주 맛있게 먹었으면서……."

도라는 훌쩍이는 정도가 아니라 아예 엉엉 울기 시작했다. 어찌나 서럽게 우는지 그녀에게 못 할 말을 내가 죄다 쏟아놓은 건 아닌가 하는 생각이 들 정도였다. 하지만 일이 급해 나는 밖으로 나갈 수밖에 없었고 밤늦게까지 돌아올 수 없었다. 나는 사람을 이미 죽여놓고 후회하는 자객과 같은 심정으로 내내 고통에 시달렸다.

내가 새벽 3시쯤 되어 집에 돌아오니 고모할머니가 나를 기다리고 있었다.

"웬일이세요, 할머니?"

나는 놀라서 물었다.

"별일 아니다. 새아기가 풀이 죽어 있어 둘이 이야기를 나눈 것뿐이란다."

나는 죄를 지은 기분이었다. 그래도 나는 용기를 내어 고모할머니에게 말했다.

"할머니, 도라가 슬퍼해서 저도 괴로워요. 하지만 가사에 대해서 조금 부드럽게 몇 마디 했을 뿐인데……."

"참아야 한단다, 트롯. 새아기는 그저 연약한 꽃송이일 뿐인데, 바람도 부드러워야지."

"할머니, 할머니께서 도라를 가르쳐주시면 안 되겠어요? 할머니가 가르치시면 도라도 배울 수 있을 거예요."

고모할머니는 깜짝 놀라는 표정을 짓더니 딱 잘라서 이렇게 말했다.

"그럴 순 없단다, 트롯! 그런 부탁은 들어줄 수 없어. 나는 성미가 고약하고 까다로운 할멈이야. 그래도 너희들하고는 서로 잘 맞춰가며 그럭저럭 지내고 있어. 적어도 너는 내게 참 잘해주었지. 그런데 이제 와서 우리들 사이가 틀어지게 만들고 싶지는 않단다."

"할머니, 사이가 틀어지다니요? 저나 도라나 감사하게 생각할 텐데요."

"얘야, 내가 그 애에게 잔소리를 하면 언제 사이가 틀어질지 모르는 일이란다. 나는 그 귀여운 아이에게 사랑받고 싶어. 네 어미 생각을 해보렴. 그때처럼 상처받고 싶지는 않단다."

고모할머니는 잠시 조용히 있더니 다시 말을 이었다.

"얘야, 지금 너희는 신혼기간이란다. 로마는 하루아침에 이루어진 게 아니지 않느냐? 게다가 너 스스로 도라를 선택한 게 아니냐? 너는 정말로 사랑스럽고 착한 여자를 선택한 거야. 그러니 그 애의 장점을 칭찬해주는 게 네 의무이자 즐거움이야. 아내가 지니지 못한 걸 찾아내서 불평하는 건 어리석은 짓이야. 그 애가 갖지 못한 건 네가 천천히 길러주면 돼. 그래도 안 되면 그냥 그렇게 지내는 데 익숙해져야 해. 얘야, 너희 앞날은 너희 두 사람 손에 달려 있단다. 그 누구도 어떻게 해주지 못해. 그게 결혼 생활이야."

고모할머니는 벌떡 일어나더니 내게 키스를 해주며 말을 맺었다.

"얘야, 내 집까지 나를 좀 바래다다오. 그리고 돌아오면 새 아기에게 내가 사랑한다고 전해주렴. 무슨 일이 있어도 도라를 슬프게 하는 일에 나를 끌어들이지 마. 내 얼굴을 보렴. 내가 거울을 보면서 스스로도 참 고약하고 심술궂게 생겼다고 생각하는데, 그런 내가 그 애에게 잔소리를 한다면 어떻게 되겠니? 생각만 해도 끔찍하다."

고모할머니를 모셔다드리고 돌아오자 도라가 내 어깨에 매달려 울면서 자기도 잘못했지만 나도 너무했다고 말했다. 결국 나는 그녀에게 내가 잘못했다고 말했다. 그리고 앞으로 100년을 더 살게 되더라도 이런 식으로 싸우지 말자고 다짐했다.

그러자 도라가 웃으며 내게 말했다.

"사랑하는 코퍼필드, 앞으로 저를 부를 때 어떻게 불러야 하는지 아세요?"

"어떻게?"

그녀는 머리칼을 찰랑거리며 귀엽게 웃었다.

"바보 같은 이름이에요. '철없는 아내'라고 불러주세요. 그렇게 생각해달라 이거예요. 제게 화가 나면 '그래, 철없는 아내지' 이렇게 생각해주세요. 제게 실망할 때도 '그래, 저 사람이 철없는 아내인 줄 알고 결혼한 건데'라고 생각해주세요. 그리고 '아무리 철없는 아내라도 나를 사랑하니 됐어'라고 생각해주세요. 나는 당신을 정말 사랑하거든요."

그녀는 그녀답지 않게 진지하게 말했다. 하지만 말을 마치자 그녀는 곧바로 '철없는 아내'로 돌아갔다. 그녀는 버릇없는 짚을 혼내주겠다며 개목에 걸린 방울을 하나씩 울리면서 명랑하게 깔깔거렸다.

그 뒤 얼마 되지 않아 도라는 정말 진지한 여자가 되려고 결심한 것 같았다. 훌륭한 살림꾼이 되겠다고 내게 결의에 찬 표정으로 말한 것이다. 그녀는 연필을 깎기도 하고 엄청나게 큰 가계부를 사고, 요리책 책장을 예쁘게 치장하면서 '훌륭한 주부'가 되려고 그야말로 필사적인 노력을 했다. 하지만 노력은 가상했지만 성과는 없었다. 가계부를 쓴답시고 끙끙 앓았지만 애당초 숫자는 그녀의 편이 아니어서 덧셈하려 애쓰는 그녀를 비웃고 배신했으며 어쩌다 겨우 가계부를 채워 넣으면 애견 짚이 그 위에 올라가 꼬리로 글자와 숫자를 다 지워버렸다. 그녀가 얻은 유일한 성과는 잉크에 물든 가운뎃손가락뿐이었다.

그런 가운데 나는 글쓰기를 계속했고 작가로서도 조금씩 알려지기 시작했다. 나는 저녁에도 거의 매일 글을 썼다. 나는 글을 쓰다가 '훌륭한 주부'가 되려고 끙끙대는 도라의 모습을 지켜보곤 했다. 하지만 결국 '훌륭한 주부'라는 어울리지 않는 역할보다는 본래의 '철없는 아내'로 돌아가는 그녀를 바라보며 웃음 짓곤 했다.

'훌륭한 주부'가 되려는 노력, 즉 가계부를 쓰겠다는 노력을 포기한 후 그녀는 아무리 늦은 밤이라도, 글을 쓰고 있는 내 곁에 조용히 앉아 있었다. 아무 소리가 없어 혹시 앉아서 잠든 것이나 아닌가 하고 고개를 들어보면 그녀는 차분한 눈길로 나를 바라보고 있었다.

어느 날 밤, 책상 위를 정돈하던 나의 눈이 그녀와 눈과 마주쳤다. 그러자 그녀가 말했다.

"여보, 밤늦게 글 쓰느라 많이 피곤하시지요?"

"도라, 당신이야말로 피곤할 거야. 너무 늦었어. 먼저 자도록 해요."

그러자 그녀는 내 곁으로 와서 눈물을 흘리며 애원했다.

"싫어요. 자라고 하지 마세요. 제가 여기서 당신 글 쓰는 거보고 있어도 괜찮지요?"

"그럼, 나야 좋지. 다만 당신의 그 예쁜 눈이 이런 시시한 일을 보고 있는 게 어울리지 않는 것 같아서."

"내 눈이 예뻐요? 그럼 이 예쁜 눈으로 당신 글 쓰는 걸 계속 보고 있을래요. 그래야 더 예뻐질 것 같아요. 참, 당신 펜을 바꿔야 할 때 내가 건네주면 안 될까요? 나도 뭔가 하고 싶어서 그래요."

내가 좋다고 말하자 그녀가 기뻐하던 모습을 생각하면 지금도 내 눈가에 눈물이 흐른다. 그 뒤로 그녀는 내가 글을 쓰기 시작하면 펜 무더기를 옆에 놓고 늘 앉던 자리에 앉았다. 내가 하는 일에 자신도 한몫하고 있다는 생각에 그녀는 정말로 만족했고 기뻐했다. 내가 새 펜을 원할 때 기쁜 표정으로 펜을 건네주던 그녀의 모습이 지금도 눈에 선하다. 나는 일부러 새 펜을 자주 청했다. 그러면서 나는 '철없는 아내'를 기쁘게 하고 행복하게 해주는 방법을 조금씩 익혀갔다.

우리의 결혼 생활은 그렇게 흘러갔다.

에밀리 소식

우리가 결혼한 지 1년쯤 지났을 때였다. 나는 꾸준히 내 글을 출간해서 어느 정도 명성도 높아졌다. 나는 소설을 쓰기로 작정하고 내 첫 번째 소설 집필을 시작했다. 내가 소설을 구상하면서 혼자 산책을 하는 길에 문득 정신을 차리니 스티어포스 부인의 집 앞을 지나가고 있었다.

그때였다. 누군가 나를 부르는 소리에 깜짝 놀라 나는 몽상에서 깨어났다. 내가 전에 스티어포스의 집에 갔을 때 본 적이 있던 그 집 하녀였다. 그녀가 내게 말했다.

"도련님, 죄송하지만 저와 함께 안으로 들어가시지 않겠어요? 미스 다틀이 도련님께 드릴 말씀이 있다고 하셔서……."

독자들은 기억하겠지만 미스 다틀은 스티어포스 부인과 함께 지내고 있는 어딘가 심술궂은 여자였다. 나는 그녀가 무슨 일로 나를 보자고 하는지 궁금했지만 어쨌든 길을 되돌려 하녀를 뒤따랐다. 나는 그녀에게 스티어포스 부인의 안부를 물었다. 그녀는 부인이 몸이 불편해서 늘 방에서만 지낸다고 대답했다.

집에 도착하자 하녀는 나를 뜰에 있는 미스 다틀에게 데려간 후 사라졌다. 미스 다틀은 시가지가 내려다보이는 테라스 한쪽 끝에 앉아 있었다. 음산한 날씨가 이 심술궂은 여성과 딱 어울린다고 생각하며 나는 그녀에게 말했다.

"내게 뭔가 할 얘기가 있으시다고요, 미스 다틀."

그녀가 내게 앉으라고 눈짓으로 권했지만 나는 의자에 손을 얹은 채 서 있었다.

그녀가 내게 물었다.

"혹시 그 계집을 찾으셨는지요?"

에밀리를 말하는 게 틀림없었다.

"아니오, 못 찾았습니다."

"그 계집이 달아났어요."

"달아났다니요?"

"그 악마 같은 계집 말이에요. 제임스가 바닷가 개펄에서 주워온 그 계집. 당신은 천사라고 말하겠지요. 하지만 악마니까 제임스를 유혹한 거 아닌가요? 암튼 둘이 프랑스, 스위스, 이탈리아 등 잘도 외국을 돌아다녔다고 하더군요. 그런데 제임스를 모시던 리트머 말로는 그 계집이 점점 우울증에 빠지더니 결국 이상해졌대요. 그런 년은 버릴 수밖에 없지요. 그래서 제임스가 그 계집을 나폴리 별장에 놔두고 그 곁을 떠났다는데…… 제임스가 그런 년을 버린 건 정말 잘한 거지요. 제임스가 사라진 걸 알고 그 계집이 하도 미친 짓을 해대서 리트머가 가두었다고 하더군요. 그런데 그 계집이 도망을 갔어요. 그리고 그 계집은 분명 살아 있을 거예요. 천한 것들은 쉽게 죽지도 않으니까.

만일 그 여자가 살아 있다면 당신들은 진주처럼 고이 모시겠지요. 저희도 제발 그러길 바라고 있어요. 다시 또 제임스를 유혹하면 안 되니까요. 어쨌든 우리들과 당신들 이해가 일치하네요. 그래서 당신을 보자고 한 거예요. 생각 같아서는 그런 나쁜 계집은 세상 험한 꼴 좀 보게 내버려두고 싶지만……."

미스 다틀의 성질이 못된 건 알고 있었지만 이건 너무 심하다 싶었다. 더욱이 내 앞에서 에밀리를 아무 거리낌 없이 악마로 몰다니, 이런 몰상식한 짓이 어디 있단 말인가! 나는 그녀에게 험하게 대꾸라도 하고 싶었지만 참았다. 그녀 말마따나 어쨌든 이해관계가 일치해서 그녀가 에밀리 소식을 전해준 것 아닌가.

그때 미스 다틀의 안색이 변했다. 나는 내 뒤에 누가 왔음을 알았다. 고개를 돌려보니 스티어포스 부인이 서 있었다. 부인은 전보다 더 거만하고 쌀쌀한 태도로 내게 손을 내밀었다. 당당하던 풍채는 볼품없이 쪼그라들었고 얼굴에는 주름이 가득했다. 하지만 눈만은 여전히 자만심으로 빛나고 있었다.

그녀가 로사 다틀에게 물었다.

"코퍼필드 씨에게 다 말해주었나, 로사?"

"네."

"다 들었으니 알겠지? 언젠가 찾아왔던 그 점잖은 사람을 안심시키고 내 아들을 그 독사 같은 계집의 마수에서 빼내고 싶은 걸세. 내 아들이 이제 본연의 모습으로 돌아오길 바랄 뿐이야."

그 '점잖은 사람'이란 페거티 씨를 가리키는 것임을 알 수 있었다. 그가 스티어포스 부인 집을 찾아왔던 게 분명했다. 나는 그녀에게 정중하게 말했다. 에밀리에게 그렇게 혹독한 말을 하는 것을 듣고 도저히 가만히 있을 수 없었던 것이다.

"부인, 부인의 마음은 잘 이해하고 있습니다. 하지만 저는 어릴 때부터 그 불쌍한 집안사람들을 잘 알고 있습니다. 부인은 그녀에 대해 편견을 지니고 계십니다. 유혹당하고 버림을 받은 건 바로 그녀입니다. 그런 그녀에게 너무 심한 말을 하고 계십니다."

미스 다틀이 뭐라고 말참견을 하려고 하자 스티어포스 부인이 그녀를 가로막았다. 부인은 내 결혼 소식과 내가 글로 점점 유명해지고 있다는 소식을 들었다며, 조용히 손을 내밀었다. 나는 테라스를 나와 두 사람 곁을 떠났다.

스티어포스의 집에서 나오자 내 머리에 얼른 페거티 씨가 떠오른 것은 당연한 일이었다. 이 소식을 빨리 그에게 전해야 했다. 어쨌든 지금 에밀리는 스티어포스에게 버림받고 혼자 있으니 찾는 방법도 달라져야 할 것 아닌가?

다음 날 밤 나는 그를 찾아갔다. 그는 헝거포드 시장에 있는 작은 양초가게 2층에서 하숙하고 있었다.

내가 찾아갔을 때 그는 창가에 앉아 책을 읽고 있었다. 그는 나를 보자 반색했다.

"데이비 도련님, 이렇게 찾아주시다니 정말 감사합니다."

"페거티 씨, 기대할 만한 내용은 아니지만 내가 에밀리 소식을 들어서 전하려고 왔어요."

나는 내가 들은 내용을 그에게 말해주었다. 그는 말없이 내 이야기를 듣더니 내 이야기가 끝나자 말했다.

"그래요, 에밀리는 분명 살아 있을 거예요. 그런데 어디 있을까요, 도련님?"

"내 생각에는 아무래도 런던에 있을 것 같아요. 고향으로 돌아갈 리는 없고 어딘가에 몸을 숨기려 할 것 아니에요? 그러기에는 런던이 제일 좋은 곳 아닌가요?"

그때 문득 한 가지 생각이 번개처럼 내게 스쳤다. 나는 페거티 씨에게 말했다.

"에밀리가 런던에 있다면 그녀를 누구보다 잘 찾아낼 수 있는 사람이 한 명 있어요. 페거티 씨, 마사라고 생각나지요?"

대답은 필요 없었다. 그의 표정만으로도 충분했다.

"그 여자에게 부탁하면 우리보다 더 쉽게 에밀리를 찾을 수 있을 것 같아요. 혹시 에밀리가 마사에게 찾아올지도 모르고요. 페거티 씨, 그녀가 런던에 있다는 걸 알고 있지요?"

그런데 페거티 씨가 놀라운 이야기를 했다.

"런던 거리를 헤매다가 제가 그 애를 봤어요. 어디로 가면 만날 수 있는지도 알 것 같아요."

그 이야기를 하는 그의 표정이 어딘가 쓸쓸했다. 아마 마사가 하고 있는 일 때문이었을 것이다.

우리는 마사를 찾아가기로 하고 서둘러 밖으로 나왔다. 그는 말없이 걷고 있었고 나도 그의 생각을 방해하고 싶지 않아 그의 곁에서 아무 말 없이 걸었다. 우리는 템플 바를 지나서 런던 시내로 들어섰다.

우리가 블랙 프라이어스 다리에서 멀지 않은 곳에 다다랐을 때 그는 맞은편 거리를 홀로 종종걸음으로 걸어가고 있는 한 여자를 손가락으로 가리켰다. 우리는 길을 가로질러 그녀 쪽으로 다가갔다. 나는 그녀가 좀 더 사람들 없는 조용한 곳으로 갈 때까지 뒤를 따라가자고 말했다. 페거티 씨도 동의했고 우리는 그녀의 뒤를 따랐다. 이윽고 그녀가 사람들이 없는 한적한 거리로 접어들자 우리는 그녀를 따라잡았다.

나는 여기서 우리가 마사를 만나 나눈 이야기를 지루하게 독자여러분들에게 소개하고 싶지는 않다. 그녀는 우리를 보자 놀라고 흥분했다. 그러나 곧 마음을 가라앉히고 자기도 에밀리가 스티어포스와 함께 도망친 소식을 들어서 안다며, 꼭 자기가 저지른 죄 같아서 죄송하기 그지없다고 말했다. 우리는 마사에게 에밀리에 관한 이야기를 모두 해주었다.

마사는 조용히 듣고만 있었다. 우리는 에밀리가 꼭 런던으로 올 것 같다며, 만일 에밀리를 발견하면 그 애를 꼭 숨겨두었다가 페거티 씨를 그곳으로 오게 해달라고 부탁했다.

마사는 자기도 남에게 도움을 줄 수 있는 일을 할 기회를 주어서 감사하다며 꼭 그러겠다고 약속했다. 나는 수첩 한 장을 찢어서 우리 두 사람의 주소를 적어주었다. 페거티가 그녀에게 돈을 주려 하자 그녀는 눈물을 흘리며 한사코 거부했다.

그날 그들과 헤어져 집으로 돌아왔을 때는 자정이 넘은 시각이었다.

제11장

뜻밖의 「편지」

　　　　나는 열성적으로 책 쓰는 일에 몰두했다. 그렇다고 속기사 일을 등한시한 것도 아니었다. 하지만 수입이 크게 늘었고 새로 나온 책이 성공을 거두자 그 지루한 의회 속기 일에서는 벗어날 때가 되었다고 생각했다. 그때가 우리가 결혼한 지 1년 반 되던 때였다.

　이때쯤 되니 살림살이에 대해서는 도라나 나나 능력 밖의 일이라는 생각이 확고해졌다. 집이란 그저 저절로 돌아가기 마련이겠지 생각하며 아예 하인에게 맡겨버렸다. 그 하인이 어찌나 집안 살림을 축냈는지 나중에 절도죄로 감방에 갇히는 신세가 될 정도였으니 우리가 집안 살림에 대해 얼마나 무심했는가는 능히 짐작할 수 있을 것이다.

물론 나는 노력도 했다. 도라에게 셰익스피어를 읽어주며 좀 더 진지해지길 바라기도 했고 트래들스를 시켜 그녀에게 지식의 폭탄을 안기기도 했다. 하지만 결국 그 모든 계획을 포기하고 그녀를 다른 사람으로 바꾸는 일은 완전히 포기하고 그녀를 있는 그대로 인정하기로 했다.

하지만 단언하지만 그녀를 향한 내 사랑은 변함이 없었다. 그것은 결혼 2년째가 첫해보다 훨씬 행복했었다는 사실로 증명이 된다.

그런데 바로 그때부터 도라의 건강이 나빠지기 시작했다. 그리고 드디어 매일 아침 2층에서 아래층으로, 밤에는 2층으로 내가 그녀를 안아서 옮기기 시작했다. 고모할머니는 그녀의 가장 충실한 간병인이었다. 하지만 병이 깊어지면서도 도라는 우리들 중 그 누구보다 명랑했다. 명랑함은 그녀의 생명 그 자체인 것 같았다.

그러나 나는 내 팔에 안긴 그녀의 몸무게가 점점 가벼워지는 것을 느끼며 현기증을 느꼈다. 마치 아직 눈에 보이지 않는 얼음나라에 가까이 가고 있는 것 같았으며 이미 그 한기가 나를 덮치려 하고 있는 것만 같았다.

　어느 날 아침 나는 「편지」 한 통을 받았다. 발신지는 켄터베리였다. 「편지」를 읽으면서 내 놀라움이 커졌다.

　　친애하는 코퍼필드에게

　　내 의지로는 어쩔 수 없는 상황으로 말미암아 지극히 오랜 기간 동안 우리는 서로의 우정을 나누지 못하고 지냈으나, 업무에 바쁜 틈을 겨우 내어 추억의 프리즘으로 채색된 과거의 장면들과 사건들을 회상할 때마다, 우리가 나누었던 우정은 정말 특별한 기쁨을 내게 가져다 주었으며 앞으로도 그러하리라고 확신하게 된다네. 친애하는 코퍼필드, 그대의 재능으로 그대가 획득한 지위를 생각한다면 그대를 옛날 친근하던 시절의 이름으로 함부로 부르기가 쉽지 않군.

　　우선 내 빛나던 환상이 영원히 지워졌고 내 평화는 산산조각이 났으며 행복은 파괴되어버렸다는 것, 내 마음은 제자리를 잃었으며 이제 동료들 앞에서 당당하게 활

보할 수도 없게 되었다는 것을 자네에게 말할 수밖에 없다네. 꽃들 안에는 꽃잎을 갉아먹는 벌레들로 가득 찼다네. 술잔에는 가장자리까지 쓰라림이 넘실거리네. 이제 벌레가 꿈틀거리기 시작했으니 곧 그 제물들을 해치울 거라네. 빠르면 빠를수록 좋지.

내 영혼이 이토록 극심한 고통 속에 놓이다보니 아내 미코버 부인조차 내 마음에 위안을 주지 못할 듯하여 짧은 48시간의 휴식시간을 내어, 지난날 내게 기쁨과 즐거움을 주었던 수도의 몇몇 곳을 둘러볼까 하네. 내 가정이 가장 평온했던 곳, 내가 마음속에 평화를 누렸던 곳들을 찾아가다보면 자연히 민사범 구치소로 향하게 될 거라네. 내일 모레 저녁 7시에 그 구치소 남쪽 벽에 내가 있을 것이라고 말함으로써 이 「편지」의 목적은 달성된 거라네.

내 옛 친구인 코퍼필드 씨와 또 하나의 옛 친구인 트래들스 씨에게 그곳에 와서 지난날의 우정을 새롭게 하자고 할 자격이 내게는 없다고 나는 생각하네. 다만, 이렇게 말하는 것으로 대신하려 하네.

위에 적은 시간과 장소에 오게 되면 무너져 폐허가 된
내 꼴이 어떤 건지 확인할 수 있을 거네.

윌킨스 미코버

화려한 만연체 문장에다 수사법이 마구 활개를 치는 미코
버의 「편지」는 언제나 쉽게 이해하기 힘들었지만 이번 「편지」
는 더 이해하기 힘들었다. 다만 그가 무언가 중대한 결심을 하
고 있다는 것만은 짐작할 수 있었다.

내가 「편지」를 어떻게 해석해야 할지 몰라 곤혹스러워하고
있을 때 트래들스가 나를 찾아왔다.

"여보게, 정말 잘 왔어. 정말 적절한 때 왔군. 미코버 씨로부
터 이상한 「편지」가 왔어."

"이럴 수가! 나도 미코버 부인에게서 「편지」를 받았는데."

그는 품에서 「편지」를 꺼내어 내게 건네주더니 내가 가진
「편지」를 받아 읽기 시작했다. 나는 부인의 「편지」를 읽기 시
작했다. 남편이 전과 다른 사람이 되었다는 것, 전과는 달리
비밀이 많아졌다는 것, 남편이 이틀간 어딘가 여행을 한다는
데 전에는 없던 일로서 너무 수상하다는 것, 이런 가정사에 끼

어들기를 부탁하는 게 정말 무례한 짓인 줄 알지만 할 수 없이 실례를 범한다는 내용이었다.

상의한 결과 우리 둘이 미코버 씨를 만나기로 했으니 안심하라고 부인에게 「편지」를 보내자는 것, 그리고 약속한 시간에 미코버 씨가 지정한 장소에 가보자는 데 우리는 합의했다.

우리가 약속한 시간보다 15분이나 일찍 갔는데도 미코버 씨는 벌써 나와 있었다. 그는 옛날과 달리 꽤나 허둥대고 있었다. 대충 인사가 끝나자 그가 말했다.

"두 분, 두 분은 정말 저의 참된 벗입니다. 현재의 코퍼필드 부인과 미래의 트래들스 부인께 안부를 여쭙는 바입니다."

나는 그런 격식은 집어치우고 옛날처럼 허물없이 대해달라고 말했다. 그러자 그가 내 손을 잡고 말했다.

"이보게, 코퍼필드, 자네의 우정에는 정말 감탄할 뿐이네. 한때는 궁전 같던 이 인간이 이렇게 폐허가 되어, 파편 한 조각만도 못하게 되었는데 여전히 환대해주다니."

그는 잠시 말을 끊은 후 한숨을 쉬며 다시 말했다.

"자, 보게나. 여기가 민사범 형무소야. 나는 저 안이 아주 익숙하지. 하지만 내가 저 안에 있었을 때는 남의 얼굴을 똑바로 바라볼 수 있었어. 나를 화나게 하면 대갈통을 갈겨줄 수도 있었지. 그런데 지금은 그럴 수 없네. 나는 여전히 나인데 말야."

그러자 트래들스가 말했다.

"설마 법이 싫어지신 건 아니겠지요? 저도 어쨌거나 법률가니까요."

미코버 씨는 대답하지 않았다. 트래들스가 미코버 씨가 하고 있는 일을 화제로 삼았기에 나는 예의상 물었다.

"미코버 씨, 친구 우라이아 힙은 잘 있나요?"

그러자 그가 갑자기 흥분하며 대답했다.

"코퍼필드! 내 고용주인 힙을 자네 친구인 것처럼 말한 거라면 정말 섭섭하지. 혹시 그를 내 친구인 것처럼 말한 거라면 비웃을 수밖에 없고. 그의 안부를 묻는 거라면 나는 이렇게 대답하겠네. 그의 건강이야 어떻든 간에, 그는 악마까지는 아니더라도 완전히 여우야, 여우."

길에서는 긴 이야기를 나누기 어려워서 우리는 역마차를 타고 하이게이트로 갔다. 도라의 몸이 불편했기에 우리 셋은 고모할머니 댁으로 갔다. 고모할머니는 흔쾌히 미코버 씨를 맞아주었다. 딕 씨도 집에 있었다. 그는 미코버 씨에게 특별히 친절했다. 그는 남의 불안한 마음을 읽어내는 재주가 있었으며 그런 사람에게는 어김없이 친절과 동정을 베풀었다.

미코버 씨는 여전히 불안해했지만 딕 씨 덕분에 좀 안정이 되었다. 게다가 고모할머니가 그에게 다정하게 대하자 마음이 놓인 듯했다.

내가 그에게 기회를 봐서 말했다.

"미코버 씨, 도대체 어찌 된 일이지요? 제발 말해주세요. 지금 주변에는 친구들뿐이잖아요."

그런데 그 '친구'라는 단어가 그를 흥분시켰다.

"친구라! 그렇지! 내가 지금 이 꼴이 된 것이 그 '친구'란 놈에게 둘러싸여 있었기 때문이야. 그놈의 악당 힙이 매일 그놈의 친구, 친구를 입에 달고 다녔지. 무슨 일이 있었느냐고? 악당 같은 짓! 비열한 짓! 거짓말! 사기! 음모! 바로 그런 일이 있었지요. 그걸 다 합친 악랄한 이름이 바로 힙입니다!"

그가 연설하듯이 말하자 고모할머니가 장단을 맞추듯이 손뼉을 탁 쳤다. 그러자 미코버 씨가 흥분해서 손수건을 마구 흔들며 외쳤다.

"그런 지옥 같은 악당을 위해 일하면서 나는 내 가까운 사람들과 모두 멀어졌어요. 누구 손도 잡을 수 없었어요. 제 처를 돌려주세요! 제 가족을 돌려주세요.! 진짜 미코버를 돌려주세요!"

내 평생 이렇게 흥분한 사람은 본 적이 없었다. 나는 그를 진정시키려 애썼으나 소용이 없었다. 그는 점점 더 흥분하여 내 목소리는 아예 들리는 것 같지도 않았다.

"나는— 누구와도— 악수를 하지— 않을 겁니다……. 저— 뱀 같은 악당— 힙을— 가루로 만들어— 날려버리기 전까지는! 저— 천벌 받을— 악당 머리 위에— 화산을— 폭발시킬 때까지는! 그 사기꾼의 눈알을— 도려내기— 전까지는! 그놈을— 박살내기 전까지는— 아무하고도 사귀지 않고— 어디에도— 가지 않고— 한 마디도— 하지 않을 겁니다!"

나는 그가 그 자리에서 죽어버리지나 않을까 걱정이 되었다. 그의 이마에서 김이 모락모락 피어오르고 있었으며 얼굴색은 파리하게 변했다. 영락없이 임종을 앞둔 사람의 얼굴이었다. 나는 손을 내밀었으나 그는 내 손이 눈에 보이지도 않는 것 같았다. 그는 손을 내저으며 계속했다.

"안 돼요,— 코퍼필드!— 누구에게도— 말해선— 안 됩니다. 미스 위크필드가— 대악당 힙의 독이빨에서— 벗어나기 전에는!— 이건 비밀입니다!— 다음 주— 아침 식사 전에— 모든 분을— 캔터베리의— 호텔에 모셔서,— 용서할 수 없는— 놈의 악행을— 폭로하겠습니다. 그럼— 이만— 안녕히. 아무래도— 함께 있을— 기분이 아니라서.— 어디 두고 봐라, 이— 천벌 받을 놈! 우라이아 힙!"

그는 무슨 마법의 주문에라도 걸린 듯이 허둥지둥 밖으로 뛰쳐나갔다. 우리들의 심정도 그와 마찬가지로 흥분에 휩싸여 있었지만 그 흥분 속에는 놀람과 희망이 섞여 있었다.

그 와중에도 미코버 씨는 자기가 얼마나 「편지」 쓰기를 사랑하는지 증명해 보였다. 우리의 흥분이 가라앉기도 전에 이웃 주막의 심부름꾼이 서정이 넘치는 그의 「편지」를 전해준 것이다. 그는 흥분한 가운데서도 「편지」를 쓰려고 이곳에 들른 것이다.

극비 사항이니 직접 열어보게.

내가 흥분했던 것에 대해 미스 벳시 트롯우드께 죄송하

다는 말씀 전해주게. 오랫동안 억눌려온 화산이 폭발한
셈 쳐주길 바라네. 그 캔터베리 호텔에서 다음 주 아침
에 만나기로 한 약속은 이미 맺어진 것으로 알겠네.
그렇게 의무를 완수하고 보상을 해주어야, 친구들 얼굴
을 떳떳이 볼 수 있을 것이며 죽어도 여한이 없을 것 같
다네.

윌킨스 미코버

꿈을 이룬 페거티 씨

　　그 일이 있었던 것은 우리가 템스강에서 마사를 만난 지도 몇 달이 지난 뒤였다. 페거티 씨는 마사와 몇 차례 「편지」를 주고받았다. 하지만 애타게 기다리던 소식은 없었다.

　어느 날 저녁이었다. 미코버 씨와의 약속을 며칠 앞둔 날이었다. 나는 홀로 뜰을 거닐고 있었다. 종일 비가 내려 공기는 습했다. 이런저런 생각을 하며 뜰을 거닐다가 우연히 내 눈길이 바깥 한길로 향했다. 그런데 초라한 옷을 걸친 여자가 우리 집 쪽으로 걸어오는 모습이 보였다. 마사였다.

　그녀는 조금 흥분해 있었다. 그녀가 내게 말했다.

"어서 저를 따라오세요. 그분 댁에 갔었는데 안 계셨어요. 제 집으로 오시라고 주소를 적어서 탁자 위에 올려놓고 이리로 오는 길이에요. 저랑 지금 가실 수 있겠어요?"

황급히 대문 밖으로 나가는 것이 바로 나의 대답이었다. 나는 마침 옆을 지나가던 마차를 세우고 둘이 올라탔다. 그녀는 마부에게 골든 스퀘어 근처로 가자고 했다.

마차에서 내리자 그녀는 내 팔을 잡고 어두컴컴한 거리로 끌고 갔다. 그리고 어느 공동주택 앞에 멈추더니 계단을 올라갔다. 유리창조차 없는 허름하고 낡은 건물이었다. 우리는 맨 위층까지 올라갔다. 마사는 방문을 열었다. 순간 나는 깜짝 놀랐다. 페거티 씨가 먼저 와 있었고 에밀리가 정신을 잃은 채 그의 팔에 안겨 있었던 것이다. 나를 보자 그가 나지막하게 떨리는 목소리로 말했다.

"데이비 도련님, 제 꿈을 이루어주신 하나님께 감사드립니다. 저를 이 아이와 만나게 해주시다니 정말 감사드립니다."

그는 의식을 잃고 꼼짝도 못하고 있는 에밀리를 계단 아래로 옮겼다.

다음 날 아침이었다. 내가 고모할머니와 함께 뜰을 거닐고 있는데 페거티 씨가 나를 찾아왔다. 우리는 뜰 가장자리에 있는 작은 정자로 가서 벤치 위에 앉았다. 페거티 씨는 서 있는 게 편하다며 탁자에 손을 짚은 채 서 있었다. 그가 입을 열고 말했다.

"어젯밤, 그 애를 무사히 제 숙소로 데려갔습니다. 그 애는 나를 보자마자 정신을 잃었던 겁니다. 한참 지나서야 정신을 차리더군요. 제 발밑에 무릎을 꿇고 그동안 자초지종을 이야기해주었습니다. 이야기를 들으니 저절로 눈물이 나더군요. 다 사실이었습니다. 그 녀석이 에밀리를 버린 겁니다. 그뿐이 아니었습니다. 에밀리를 하인 녀석에게 넘긴 거지요. 그곳은 이탈리아였답니다.

그 애는 밤에 도망을 했습니다. 다행히 아주 인정 많은 어부 부부를 만나 보살핌을 받을 수 있었답니다. 너무 고마운 사람들이지요. 그 사람들은 에밀리를 프랑스행 배에 태워주었답니다. 에밀리가 수중에 지니고 있던 약간의 돈을 주었지만 받지 않았답니다. 그들은 가난했지만 정말 소중한 보물을 간직한 사람들이지요. 아름다운 마음씨는 천국의 보물이 아니겠습니까?

　프랑스에 도착한 에밀리는 항구 여인숙에서 시중드는 일을 잠시 했다고 합니다. 그리고 기회를 봐서 영국 도버로 건너왔답니다. 처음에는 발길이 저절로 고향을 향했다고 하더군요. 하지만 자기가 용서받지 못할 죄를 저질렀다는 생각에 이 애는 억지로 발길을 돌렸습니다. 결국 도련님 말씀대로 몸을 숨기기 위해 런던으로 온 것입니다."

　그는 잠시 이야기를 멈추었다. 숨을 고르기 위해서인 것 같았다. 그가 낮은 목소리로 속삭이듯 이야기를 계속했다.

　"그렇게 예쁜 아이가 수중에 한 푼 지니지도 않은 채, 생전 처음으로 런던에 온 것입니다. 무작정 올라오기는 했지만 어찌할 바를 몰랐습니다. 그런데 그 애에게 웬 여자가 친절하게 말을 걸더랍니다. 제법 품위가 있는 여자라고 하더군요. 그 여자는 에밀리를 딱한 눈으로 바라보며 재봉 일을 할 줄 아느냐고 물었답니다. 에밀리가 그렇다고 대답하자 얼마든지 일자리를 구해주겠다며, 숙소를 마련해주겠다고 약속했다더군요. 제 집 식구들 소식도 알아봐주겠다고 약속하더라나요. 오갈 데 없던 에밀리는 그 여자가 안내하는 숙소로 따라갔지요."

순간 그는 몸을 부르르 떨었다.

"그 애는, 그 애는, 파멸의 문턱에 서 있었던 것입니다. 하지만 하나님의 도움으로 마사가 에밀리 소식을 들었습니다. 마사는 에밀리를 어디서 찾아야 하는지 알고 있었던 것입니다. 열심히 에밀리를 수소문하고 있던 마사는 그 파멸의 구렁텅이에 새 여자가 들어왔다는 소식을 듣고 에밀리가 틀림없다고 생각했습니다. 마사는 무작정 그곳으로 갔습니다. 에밀리가 정말로 그곳에서 잠을 자고 있었습니다. 마사는 파랗게 질린 채 '에밀리, 여기가 어딘 줄 알고 이렇게 편하게 잠을 자고 있어!'라며 그녀를 깨운 후 그곳에서 에밀리를 데리고 나왔습니다. 물론 쉽지는 않았지요. 사람들이 몰려와 그녀를 막았으니까요. 하지만 그녀는 아무도 막을 수 없는 바닷물 같았습니다. 마사는 '모두 저리 비켜라. 난 지옥에서 온 유령이다!'라고 소리 지르며 그들을 헤치고 나왔습니다. 그녀의 시퍼런 서슬에 아무도 그녀를 막을 생각을 못했답니다. 오오, 마사는 지옥에서 온 유령이 아니라 에밀리를 지켜준 수호천사였습니다."

페거티 씨는 가슴이 벅찬 듯 두 팔로 가슴을 감쌌다.

"마사는 에밀리를 잘 보살핀 후 저에게 왔다가 도련님에게

온 것입니다. 에밀리와 저는 이제 다시는 헤어지지 말자고 수없이 다짐했습니다."

페거티 씨의 이야기를 들은 고모할머니가 내게 말했다.

"트롯, 나는 네 누이 벳시 트롯우드의 대모가 되려고 결심했었단다. 물론 그 애는 세상에 나오지도 않았지만. 어쨌든 그 애는 내게 희망의 빛이었지. 이제 내가 그 귀여운 에밀리의 대모가 된다면 정말 기쁘겠구나."

페거티 씨가 웃음을 지으며 그렇게 되면 더없는 영광일 거라고 생각했다.

나는 문득 짚이는 게 있어서 페거티 씨에게 말했다.

"페거티 씨, 앞으로 어떻게 하실 건지 계획이 있으시지요?"

"예, 역시 도련님이십니다. 제가 에밀리에게도 이야기했습니다. 여기서 멀리 떨어진 곳으로 이민을 갈 생각입니다. 저희는 호주로 갈 겁니다. 거기서는 아무도 제 조카딸을 헐뜯지 않을 테니까요. 거기서 새 생활을 할 예정입니다."

그는 실행력이 대단한 사람이었다. 그는 이미 부두에 나가 배편을 알아보았다. 6주 후, 혹은 늦으면 2개월 뒤에 출항하는 배가 있다는 것이었다.

그는 머뭇거리더니 내게 말했다.

"데이비 도련님, 마지막 정리도 하고 작별도 나눌 겸 내일 야머스로 갈 예정입니다. 이제 야머스도 안녕이겠지요. 그런데 제가 햄을 만나면 뭐라고 말해야 할지…… 모든 걸 털어놓을 엄두도 나지 않고…….”

"나도 함께 가달라는 말이군요.”

"그래주실 수 있겠어요? 도련님을 보면 햄도 페거티도, 거미지 부인도 모두 기운이 날 테니까요.”

다음 날 아침 페거티 씨와 나는 야머스행 역마차를 타고 정든 길을 달리고 있었다.

이윽고 야머스에 도착하자 나는 시내에 볼일이 있다며 페거티 씨를 먼저 보냈다. 아무래도 페거티 씨가 누이동생과 햄에게 먼저 이러저런 귀띔을 하는 게 나을 것이라는 생각에서였다. 나는 시내를 어슬렁거리며 시간을 보내다가 이쯤이면 되겠다 싶어 햄의 집으로 갔다. 페거티는 아예 그곳으로 이사해 와서 살고 있었으며 자기 집은 바키스 씨의 운수업을 물려받은 사람에게 빌려주었다.

집으로 들어가니 모두들 식당에 모여 있었다. 거미지 부인도 함께 있었다. 페거티와 거미지 부인은 앞치마로 눈가를 훔치고 있었고 햄은 차분한 표정으로 앉아 있었다. 페거티 씨가 이민 이야기를 한 게 틀림없었다. 모두들 나를 반갑게 맞아주었고 우리는 페거티 씨가 새 나라에 가서 부자가 될 것이라는 둥, 그가 재미있고 신기한 소식을 자주 알려올 것이라는 둥, 즐겁게 이야기를 나누었다.

나는 햄의 얼굴에서 나하고 단둘이 이야기를 나누고 싶어 하는 기색을 읽었다. 나는 이튿날 저녁 그가 일터에서 돌아올 때를 맞추어 단둘이 만나기로 마음먹었다.

다음 날 페거티 씨는 종일 어선과 고기잡이 도구들을 처분하고 가정용품들을 마차 편에 런던으로 보내느라 매우 바빴다. 거미지 부인이 하루 종일 곁에서 그를 도왔다. 그날 저녁 우리는 마지막으로 그 집에서 다시 만나기로 약속했다.

나는 햄을 만나야겠다는 생각에 밖으로 나와 그의 일터로 향했다. 그리고 그가 돌아올 길목에서 그를 기다렸다가 함께 돌아왔다. 우리는 함께 걸으며 이야기를 나누었다.

그가 내게 말했다.

"데이비 도련님, 에밀리를 만나셨습니까?"

"에밀리가 정신을 잃었을 때 잠깐 봤어요."

"데이비 도련님, 그녀를 만나주시겠습니까?"

나는 잠시 침묵하다가 말했다.

"물론 그럴 수 있어요. 직접 만나서 이야기는 못 하더라도 햄을 대신해「편지」를 쓸 수는 있어요. 그「편지」를 내가 전해 줄 수도 있고……."

"도련님, 정말 고맙습니다. 말로건「편지」로건 에밀리에게 꼭 전하고 싶은 게 있어요."

"그게 뭐지요?"

"에밀리를 용서한다는 말을 전하고 싶은 게 아닙니다. 제게 는 그럴 자격이 없어요. 다 저 때문에 벌어진 일인데요. 제가 에밀리에게 너무 애정을 강요했어요. 저는 이따금 생각해요. 우리가 결혼을 약속한 사이만 아니었더라도 에밀리는 저와 모든 걸 상의했을 거예요. 그러면 올바른 결정을 내리도록 도 와줄 수도 있었을 거고……, 제가 제 욕심에 결혼을 너무 서 두르지만 않았어도……."

나는 그의 손을 꼭 쥐었다.

내가 말했다.

"그뿐인가요?"

"몇 가지 더 있습니다. 말씀드려도 될까요?"

"얘기해봐요."

"저는 에밀리를 사랑하고 있습니다. 에밀리를 잊기만 하면 행복하게 지낼 수 있을 것 같다가도 도저히 그녀를 잊었다고 말할 수가 없습니다. 데이비 도련님, 도련님은 똑똑하시니까 잘 아실 거예요. 저를 보세요. 저는 그다지 상심하지 않았어요. 제가 아직도 그녀를 사랑하고 그래서 슬퍼한다는 것을 아시겠지요? 그 나쁜 사람을 나중에 천국에서 만나 다 용서하고 함께 지낼 날을 마음속에 기다리고 있다는 걸 아시겠지요?

도련님, 에밀리에게 전해주세요. 저는 에밀리의 슬픈 마음을 달래주고 편안하게 해주고 싶을 뿐이라는 것을. 에밀리 대신 다른 여자와 결혼할 생각은 없다는 것을, 에밀리를 향한 제 기도와 함께 전해주세요.

그리고 아저씨께 안부를 전해주세요. 전 그분을 다시 만날 수 없다는 것을 잘 알고 있어요. 고아인 저를 친아버지 이상으로 사랑해주신 그분께 감사한다는 말도 꼭 전해주세요."

그 말과 함께 그는 나를 두고 돌아섰다. 자기는 이제 그 옛 집으로 돌아갈 수 없다는 것을 내게 알려주듯 가볍게 손을 흔들며 그는 자기 길을 갔다. 나는 달빛이 쏟아지는 쓸쓸한 모래사장을 걸어가는 그의 뒷모습을 바라보고만 있었다.

뱃집에 가까이 가보니 문이 활짝 열려 있었다. 집 안은 말끔히 치워져 있었다. 나는 내 인생에 큰 사건이 있었던 날, 그러니까 어머니가 재혼할 때 내가 누워 있던 그곳, 나를 매혹시켰던 파란 눈의 소녀가 있던 그곳을 바라보며 회상에 잠겼다.

얼마 후 우리 셋은— 그렇다! 셋이었다. 거미지 부인도 우리와 함께였던 것이다!— 촛불을 끄고 바깥문을 잠근 후 그 낡은 뱃집을 떠났다. 돌아보니 그 집은 어둠 속에 흐릿하게 떠 있는 그림자 같았다.

제
12
장

대폭발

　　미코버 씨가 정한 그 신비스러운 약속이 하루 앞으로 다가왔다. 고모할머니는 도라를 돌보기 위해 남아 있기로 결정했다. 아아, 이제 도라를 안고 계단을 오르내리는 것은 얼마나 쉬운 일이었던가!

　그러나 도라는 막무가내로 고모할머니도 꼭 함께 가라고 떼를 썼다. 그 모습이 정말로 도라다웠다. 도라는 마지막까지도 귀여운 장난꾸러기였다.

　"할머니, 할머니는 심술쟁이잖아요. 함께 있기 싫어요! 아무것도 해주는 게 없잖아요,"

　그러더니 금방 고모할머니에게 입을 맞추었다.

"아니, 농담이에요. 하지만 가셔야 해요. 할머니가 안 가시면 짚과 함께 하루 종일 말썽만 피울 거예요. 함께 안 가신 걸 두고두고 후회하실 걸요. 보세요, 저, 정말 아무렇지도 않아요. 할머니가 함께 가시면 병도 다 나을 걸요. 갔다 오셔서 재미있는 이야기 많이 해주세요. 그 이야긴 아주 오래 걸리겠지요? 굉장한 일이 벌어질 텐데, 나는 머리가 둔해서 금방 못 알아듣잖아요. 덧셈도 못하니까요. 참, 아그네스도 할머니가 야단쳐 주세요. 어쩜 한 번도 찾아오지 않는담."

도리가 없었다. 고모할머니와 나는 함께 가기로 했다. 고모할머니는 도라에게 "이, 꾀병쟁이, 몸도 안 아프면서 응석을 부리고 있는 거구나"라고 응수하며 나와 함께 길을 나섰다. 딕 씨, 트래들스도 우리와 함께 했다.

우리는 한밤중에 미코버 씨가 정한 호텔에 들어섰다. 약속은 이튿날 오전 9시 반으로 정해져 있었다.

다음 날 나는 아침 일찍 일어나 내 옛 추억이 담긴 거리를 산책했다. 까마귀들은 여전히 떼를 지어 대성당 탑 주위를 날고 있었다. 탑은 아래로 흐르는 맑은 개울을 굽어보며 이 세상

대폭발

에 변하는 것은 없다는 듯 우뚝 솟아 있었다. 탑에서 종소리가 울리자 내 어린 시절뿐만 아니라 이제는 사라지고 없는 모든 사람들의 삶과 죽음이 그 소리 안에 함께 들어 있는 것 같았다. 나는 한 시간 정도 산책한 후 호텔로 돌아왔다.

우리는 모두 아침 식사를 하는 둥 마는 둥하며 초조함을 감추지 못했다. 이윽고 시계가 9시 반을 알리자 미코버 씨의 모습이 거리에 나타났다. 고모할머니는 무슨 결의라도 하듯 모자 끈을 고쳐 맸고 트래들스는 저고리 단추를 매만졌다. 딕 씨는 그런 분위기에 당황한 것 같았다. 하지만 그도 금방 두 손으로 모자를 푹 눌러썼다.

미코버 씨가 우리에게 인사했다.

"여러분, 좋은 아침입니다. 딕 선생, 당신도 잘 오셨습니다."

딕 씨는 그가 선생이라고 불러주어 기분이 좋은 것 같았다. 고모할머니가 장갑을 끼면서 미코버 씨에게 말했다.

"자, 미코버 씨, 우리는 베수비오 화산이 아니라 그 더한 곳이라도 갈 준비가 되어 있어요."

"부인, 대단한 폭발을 곧 보실 수 있을 겁니다. 그전에 한 가지 말씀드릴 게 있습니다."

그는 트래들스를 향해 고개를 돌렸다.

"트래들스 씨, 이 일을 우리가 미리 상의했다는 말씀을 드려도 괜찮겠지요?"

그러자 트래들스가 말했다.

"사실이라네, 코퍼필드. 미코버 씨가 내게 계획을 미리 말해주셨고, 나도 최대한의 지혜를 짜내서 조언을 했어."

그러자 미코버 씨가 말했다.

"여러분, 이 일은 아주 중차대한 일입니다. 차질이 있어서는 안 되니 이제부터는 전부 제 지시에 따라주십시오. 지금이야 개인적인 잘못과 여러 상황 때문에 참으로 보잘것없이 쓰레기처럼 되었지만 저도 여러분들과 다름없는 당당한 한 인간입니다."

내가 그에게 말했다.

"미코버 씨, 저희는 모두 당신을 믿어요."

"그렇다면 코퍼필드 군, 내가 떠난 후 5분 후에 위크필드 앤드 힙 사무실로 와주길 바라네. 자, 저는 그곳에서 일을 하며 당신들을 기다리고 있겠습니다."

말을 마친 후 그는 황급히 그곳을 떠났다. 그의 얼굴이 창

대폭발

171

백해진 것을 알 수 있었다. 우리는 정확히 5분을 기다린 후 나의 그 옛집을 향해 떠났다.

도착해보니 미코버 씨는 옛날 힙이 있던 작은 방 안 책상 앞에 앉아 열심히 글을 쓰는 척하고 있었다. 가만 보니 내가 말 걸기를 기다리고 있는 눈치여서 나는 큰 소리로 말했다.

"안녕하십니까, 미코버 씨?"

그는 정색을 하며 말했다.

"아니, 코퍼필드 군 아닌가? 그동안 잘 지냈나?"

나는 그에게 물었다.

"미스 위크필드는 집에 계신지요?"

그러자 그가 동문서답을 했다.

"위크필드 씨는 편찮으셔서 누워 계신다네. 하지만 옛 친구분들이 찾아오셨으니 기꺼이 만나주시겠지. 어서 들어오게."

그는 앞장서서 식당으로 가더니 위크필드 씨가 전에 쓰던 방문을 열어젖히며 큰 소리로 외쳤다.

"미스 트롯우드, 데이비드 코퍼필드, 토머스 트래들스 씨, 그리고 딕 씨가 찾아오셨습니다!"

그 안에는 힙이 앉아 있었다. 우리는 놀랐다. 그러나 우리보다 그가 더 크게 놀란 것이 확실했다. 애당초 눈썹이 없었으니 눈썹을 찌푸렸다고 할 수는 없었지만 그의 작디작은 눈이 거의 보이지 않을 정도로 그는 얼굴을 찡그렸다.

그는 기분 나쁜 미소를 흘리며 고모할머니에게 인사한 뒤 내게도 안부를 전했다. 그리고 미코버 씨에게 말했다.

"미코버, 반가운 분들이 오셨다는 걸, 미스 위크필드 양과 제 어머니께 알리세요. 여러분들을 뵙게 되면 정말 기뻐하실 것입니다."

트래들스가 힙에게 말했다.

"바쁘시지는 않으신지요?"

"네, 바쁘지 않습니다, 트래들스 씨. 말하자면 제가 원하는 만큼은 바쁘지 않다는 뜻이지요. 변호사와 사기꾼, 고리대금업자는 좀처럼 만족할 줄 모른다고들 하잖아요. 위크필드 씨가 거의 꼼짝을 못하셔서 저와 미코버가 눈코 뜰 새 없이 바쁘긴 하지만, 다 위크필드 씨를 위해서이니 보람도 느끼고 즐겁기도 하지요. 트래들스 씨, 댁은 위크필드 씨와 친분이 없으시지요? 저는 한번 뵌 것 같은데……."

"네, 위크필드 씨는 뵌 적이 없습니다. 하지만 힙 씨, 당신에

겐 제가 한 번 찾아간 적이 있었지요?"

트래들스의 말에서 무슨 낌새를 느꼈는지 힙은 의심에 찬 눈으로 그를 바라보았다. 그러나 머리칼만 고슴도치처럼 곤두서 있을 뿐, 참으로 선량해 보이는 얼굴과 정직한 태도를 보고 우라이아 힙은 안심한 것 같았다.

이때 아그네스가 미코버 씨의 안내를 받으며 들어섰다. 특유의 차분함을 약간 잃은 것 같았고 피곤과 불안감에 젖어 있는 것이 역력했다. 하지만 그녀는 진심으로 우리를 환대했다.

그사이 미코버 씨와 트래들스가 눈빛을 교환하는 것 같더니 트래들스가 밖으로 나갔다. 나 말고는 아무도 눈치채는 사람이 없었다.

우라이아 힙은 미코버 씨가 여전히 우리와 함께 있는 것을 보고 말했다.

"미코버, 뭘 하고 있는 거요? 돌아가도 좋아요. 왜 안 가고 있는 거요?"

그러자 미코버 씨가 단숨에 말했다.

"그건, 내가 가고 싶지 않기 때문이지."

순간 우라이아의 안색이 변했다. 그는 초조한 빛을 띤 채

온 얼굴 근육을 일그러뜨리며 미코버 씨를 노려보았다. 우라이아가 말했다.

"온 세상이 다 알듯이 당신은 어릿광대일 뿐이야. 여기서 쫓겨나려고 애를 쓰고 있는 건가? 나가! 나중에 자세히 이야기하지."

그러자 미코버 씨가 웅변조로 격하게 말했다.

"그런 말은 지겹게 들었도다! 하지만 이 세상에 진짜 망할 놈을 딱 하나 꼽으라면, 오, 그 이름은 바로 힙이로다!"

우라이아는 뒷걸음질을 쳤다. 그는 음산한 눈길로 우리를 둘러보며 말했다.

"아하, 음모로군! 약속하고 여기 모인 거로군! 어이, 코퍼필드, 내가 샘이 나서 이런 음모를 꾸민 건가? 하지만 소용없어. 아무리 작당을 해봤자 나를 이길 순 없어. 흥, 쓰레기 같은 내 서기를 매수해서 일을 꾸며보려고? 위크필드 따님, 당신도 저들 편을 들지 않는 게 나을 겁니다. 그렇다면 당신 아버지는 당장에 끝장날 테니. 미코버, 자네도 더 험한 꼴 보기 전에 저 문을 열고 나가는 게 좋을 걸."

그는 벨 끈을 잡아당기며 혼잣말을 했다.

대폭발

175

"잠깐, 어머니는 어디 계시지?"

그때 트래들스가 우라이아의 어머니를 데리고 들어오며 말했다.

"힙 씨, 당신의 어머니도 보시는 가운데 일을 진행하는 게 옳을 것 같아 내가 모시고 왔어요."

그러자 우라이아가 으르렁거렸다.

"당신 도대체 무슨 자격으로 이 자리에 서 있는 거야! 당신 정체가 뭐야?"

트래들스는 조용한 목소리로 말했다.

"나요? 나는 위크필드 씨의 대리인이자 친구로서 이 자리에 있는 거요. 「위임장」도 가지고 왔소."

"그 늙은 얼간이가 망령이 들었군. 그 영감을 속여서 빼앗은 거겠지." 우라이아가 일그러진 흉측한 얼굴로 말했다. 그는 가면을 완전히 벗었다. 노골적으로 악의를 드러냈고 증오감을 드러냈으며, 자신의 잘못을 뉘우치기는커녕 오히려 승리를 뽐내는 것 같은 음험한 눈을 빛내고 있었다.

잠시 동안 가만히 있던 미코버 씨가 주머니에서 「편지」 모양으로 접은 서류 뭉치를 꺼냈다. 그는 과장된 몸짓으로 서류

를 펼치더니 한번 훑어본 후 소리 내어 읽기 시작했다. 자신의
예술 작품을 감동에 젖어 낭송하는 작가의 모습 그대로였다.

"이제까지 이 세상에 존재했던 악당들 가운데서 가장 극악
무도한 악당을 규탄하기 위하여 이 자리에 서면서, 나는 조금
도 나 자신을 위하여 이러는 것이 아님을 엄숙히 선언하는 바
입니다. 나는 평생 궁핍과 굴욕, 절망과 광기 속에 살아왔습니
다. 나는 그런 가운데 '위크필드 앤드 힙'이라는 간판을 달고
있는 이 사무실에 들어왔습니다. 간판만 그러할 뿐 모든 것을
상습적인 위조범이자 사기꾼인 힙이 좌지우지하는 이곳에 말
입니다."

미코버 씨가 거기까지 읽자 우라이아는 소리를 지르며 그
에게 달려들었다. 나와 트래들스는 그의 양팔을 붙잡고 구석
으로 데리고 갔다. 미코버 씨는 아무 일 없었다는 듯이 태연하
게, 웅변조로 글을 계속 읽어나갔다.

"저는 돈 때문에 이곳에 들어왔습니다. 일정한 봉급 외에
성과에 따라 더 주겠다는 조건이었습니다. 그런데 그 성과급
은 제가 가진 비열한 인성, 탐욕이 저의 가난과 합세해서 충분
히 힘을 발휘해야 받을 수 있는 것이었습니다. 그 모든 것들이

저 힙의 악덕과 비슷하면 비슷할수록 더 받을 수 있는 것이었습니다. 저는 좌절감에 빠져 있는 가족들을 부양해야 했기에 저자가 쳐놓은 올가미에 빠져들 수밖에 없었던 것입니다.

저자는 저를 철저히 이용했습니다. 온갖 사기를 치기 위해서, W 씨를 속이기 위해서 언제나 저의 힘을 빌렸습니다. 저자가 저를 신임하고 호의를 베풀기 시작한 거지요. W 씨는 저자에게 철저하게 이용당하고 배신당했습니다. 그런데 저자는 그 신사에 대해 무한한 애정을 지니고 있으며 그에게 봉사하고 있다고 만천하에 떠들고 다녔습니다. 저자는 정말 천하의 악당입니다.

지금 이 글에서 W 씨라고 부른 분, 여러분은 누구인지 다 아시겠지만, 그분의 명예를 위하여 저자가 저지른 사사로운 악행들을 일일이 나열하지는 않겠습니다. 저도 한때 그것을 묵인한 같은 패거리였다는 걸 고백합니다. 하지만 저는 더 이상 이렇게 둘 수는 없다고 생각하여 1년 이상 철저히 뒷조사를 했습니다."

이 대목을 읽으면서 미코버 씨는 자신의 글에 완전히 심취해 있었다. 그는 우라이아의 얼굴을 힐끗 보더니 다시 글을 읽기 시작했다.

"이제부터 힙의 죄목을 밝히도록 하겠습니다."

우리는 일제히 침을 꿀꺽 삼켰다.

"첫째로, 아주 중요한 서류를 하찮은 것처럼 꾸며서 W 씨의 서명을 받아냈습니다. 물론 W 씨가 사무적 능력을 상실하고 기억력이 희미해진 것을 기회로 삼은 거지요. 그 서명으로 그는 1만 2,614파운드 2실링 9펜스에 달하는 돈을 인출했습니다. 그리고 그 돈을 운영비와 결손 충당금으로 쓴 것처럼 위조하고 횡령했습니다. 그러나 그의 궁극적인 목표는 횡령이 아니었습니다. 그는 이 모든 결손이 W 씨의 부정한 행동에 의해 빚어진 것처럼 꾸몄습니다. 그 뒤로 그는 그것으로 W 씨를 괴롭히고 그에게 압력을 가했습니다. 자신이 부정한 짓을 저지르고 그것을 W 씨가 저지른 것처럼 꾸민 후 그것으로 W 씨에게 압박을 가하는 수단으로 사용한 것입니다."

"증거를 대라, 코퍼필드! 지금 당장!"

이 모든 일이 내가 주도해서 벌어진 것으로 생각하고 있던 우라이아가 내게 으르렁거리듯이 말했다.

그러자 미코버 씨가 트래들스에게 말했다.

대폭발

179

"트래들스 씨, 힙에게 물어보세요. 그가 살던 집에 누가 뒤이어 들어가 살게 되었는지."

그러자 우라이아가 소리쳤다.

"바로 바보 같은 너잖아! 지금도 살고 있는 주제에!"

미코버 씨는 여전히 트래들스에게 시선을 향하고 말했다.

"힙에게 물어보세요. 그 집에 수첩 한 권이 있었는지……."

우라이아의 얼굴이 파랗게 질렸다.

미코버 씨가 말했다.

"그 서류는 지금 제 손안에 있습니다. 힙이 서류를 위조해서 일을 벌였다는 명백한 증거입니다. 저는 그 서류를 트래들스 씨에게 넘겼습니다."

그러자 트래들스가 나지막하게 말했다.

"사실입니다. 제가 그 서류를 가지고 있습니다."

그때였다. 우라이아의 어머니가 소리쳤다. 그녀는 트래들스를 통해 이미 모든 이야기를 들은 게 분명했다.

"우라이아, 우라이아, 어서 잘못했다고 빌어. 우리는 훌륭한 사람들의 비위를 건드리면 안 돼. 그렇게 도도하면 안 돼! 우리는 겸손해야 살아갈 수 있어. 아, 여러분들, 저는 뉘우치고 있어요, 부디 이 아이를 용서해주세요."

그러나 우라이아는 더 험악하게 얼굴을 찌푸렸을 뿐이다. 그가 미코버 씨에게 말했다.

"어디, 그것뿐인가? 더 없어? 어디 계속해보시지."

미코버 씨는 다시 좋아하는 연기를 하게 된 것이 기쁜 듯 글을 읽기 시작했다.

"이제 마지막 죄상을 고발하는 것으로 그치는 것을 용서해주시기 바랍니다. 힙이 저지른 자질구레한 범죄들을 일일이 나열하다보면 하루 이틀로는 어림도 없을 것입니다. 이후 W 씨는 힙의 탐욕과 간악함의 제물이 되었습니다. W 씨는 힙의 재산증식에 자신도 모르게 일조를 한 것입니다. W 씨는 결국 이 법률사무소의 공동소유권도 포기하기에 이르렀습니다. 재산도 모두 힙에게 양도하게 만들었습니다. 한 마디로 날강도 같은 짓이지요. 저는 모든 것을 증명할 수 있습니다.

그뿐이 아닙니다. 힙은 W 씨가 위탁받아 관리하고 있는 모든 부동산과 재산에 대해서 믿을 수 없을 정도로 낮게 허위 평가를 내린 후, 그것을 헐값에 처분해서 다른 곳에 투자한 것처럼 꾸몄습니다. 실제로는 힙이 재산을 모두 가로챈 것이고,

대폭발

그 모든 잘못을 W 씨에게로 돌렸습니다. W 씨는 오갈 곳도 없고 의지할 곳도 없는 신세가 된 것이지요. 저 악당 힙은 그렇게 W 씨를 사지로 내몰았는데 거꾸로 W 씨는 저 괴물에게 밖에는 의지할 곳이 없다고 여기게 된 겁니다."

그가 고모할머니를 보고 말했다.

"제가 알기로는 미스 트롯우드께서도 W 씨에게 투자했다가 손해를 보신 것으로 알고 있는데요. 절대로 파산하신 게 아닙니다. 그 돈은 고스란히 저 힙의 주머니에 들어가 있습니다."

그러더니 그는 장엄한 연설을 맺는 것 같은 표정으로 다시 글을 읽었다.

"이제 끝났습니다. 이제 제게는 제가 고발한 것이 사실이라는 것을 증명하고 재빨리 이 무대에서 퇴장하는 일만 남았습니다. 저와 제 가족은 이 무대에서 방해물일 뿐이니까요. 저는 캔터베리 순례에 이제 지쳤습니다. 민사범 교도소에서 가난과 고통을 겪을 각오도 되어 있습니다. 제가 행한 조사의 결과가 아무리 보잘것없더라도 이 일은 격무와 가난에 시달리면서 동트는 아침, 이슬 내린 저녁, 한밤의 어둠 속에서, 악마의 빈틈없는 감시를 받으며 이루어진 것임을 밝힙니다. 그 노고와 모험이 저의 장례식 화장용 장작 위에 뿌려지는 속죄의 정화수가 되리라고 저는 믿습니다. 그리고 저와 제 가족의 가난도 정화수 구실을 약간은 할 수 있으리라고 믿습니다.

제가 노력분투했다는 것만 기억하시기를 바라며, 머리 숙여 삼가 아뢰는 바입니다.

윌킨스 미코버."

그는 스스로 감동했다. 그는 「편지」를 고이 접어, 마치 고모할머니가 그것을 평생 간직하길 원한다는 듯이 허리를 깊숙이 숙여 절을 하면서 공손하게 고모할머니에게 드렸다. 고모할머니도 마치 예식을 치르듯이 엄숙하게 그 「편지」를 받았다.

우라이아는 갑자기 무슨 생각이 떠오른 듯 열쇠가 꽂혀 있는 철제 금고로 다가가더니 문을 철컥 열었다. 안은 텅 비어 있었다.

그는 무서운 얼굴로 소리쳤다.

"장부가 어디 간 거야! 이, 도둑놈, 네가 훔쳤구나!"

미코버 씨가 당당하게 말했다.

"그래, 오늘 아침에 네게 열쇠를 받았을 때 손에 넣었다."

대폭발

183

그러자 트래들스가 말했다.

"걱정 마시오. 그 장부들은 내가 갖고 있소."

그때였다. 지금까지 조용히 있던 고모할머니가 느닷없이 우라이아 힙에게 달려가 그의 멱살을 잡았다.

"내가 요구하는 게 뭔지 알겠지? 내 재산 말이야! 아그네스, 나는 너의 아버지 때문에 내 재산이 모두 없어진 줄 알았단다. 그래서 네게는 그런 이야기를 한 마디도 안 한 거지. 하지만 그게 전부 이자의 주머니로 들어갔다는 걸 알았으니 반드시 받아내야겠어. 트롯, 이리 와서 받아다오."

고모할머니는 마치 그 재산이 우라이아의 목도리 속에 들어 있는 것처럼 그것을 힘껏 잡아당겼다. 나는 급히 두 사람 사이에 다가가서 앞으로 이자가 부당하게 취득한 것들은 모두 회수할 수 있다고 고모할머니를 진정시켰다.

트래들스가 우라이아에게 말했다.

"앞으로 당신이 어떻게 해야 하는지는 내가 말해주겠소. 첫째로, 우리가 지금 들은 「양도증서」들을 남김없이 넘기시오. 지금 이 자리에서."

"만일 내가 가지고 있지 않다면?" 우라이아가 씩씩거리며 말했다.

"긴말하지 맙시다. 그런 쓸데없는 이야기로 시간 끌 때가 아니오."

나는 내 옛 급우의 이토록 침착하고 당당한 모습을 처음 보았다. 나는 그를 다시 보게 되었다.

"그리고 당신이 약탈한 금품들을 마지막 한 푼까지 다 되돌려놓으시오. 사무소의 장부와 서류를 모두 우리에게 넘기고."

우라이아는 완전히 기가 죽었다.

"생각할 시간을 주시오."

"좋소, 시간을 주지. 하지만 일단 당신은 여기서 한 발자국도 밖으로 나갈 수 없소. 이건 명령이오."

"그럴 수 없다면?"

"그렇다면 구치소로 가는 게 안전하겠군. 법에 호소하면 손해 배상받는 데 시간이 더 걸릴지도 모르지만 당신이 감방에 갇힌다는 건 불을 보듯 뻔하지."

힙 부인이 울음을 터뜨렸다. 우라이아는 체념한 듯 말했다.

"좋소. 다 넘겨주리다. 어머니, 갖다주세요."

그의 말이 끝나자마자 힙 부인이 밖으로 나갔다가 잠시 후

들어왔다. 그녀는 상자를 들고 있었다. 상자 안에는 증서뿐 아니라 은행 통장이며 온갖 서류가 다 들어 있었다.

그러자 트래들스가 우라이아에게 말했다.

"자, 이제 우리가 바라는 건 단 한 가지뿐이오. 그걸 빨리 해결해주시오."

우라이아는 방문까지 가더니 입구에 서서 말했다.

"코퍼필드, 나는 처음부터 네가 싫었어. 그리고 미코버, 이 늙은 쥐새끼 같은 놈! 두고 봐! 반드시 보복하고 말 테다!"

미코버 씨는 그의 협박에 꿈쩍도 하지 않았다. 미코버 씨는 내게로 몸을 돌리더니 말했다.

"이보게, 코퍼필드, 부탁이 있네. 이제 내 아내와 내가 화해하는 경사스러운 일이 벌어질 것이네. 함께 가주지 않겠나? 이제 오랫동안 아내와 나 사이를 가로막던 장벽이 모두 걷힌 거라네."

우리는 모두 미코버 씨에게 감사하고 있었다. 트래들스만 우라이아를 감시하기 위해 남고 고모할머니와 딕 씨, 그리고 나는 모두 미코버 씨 집으로 갔다. 그리고 미코버 부부의 영광스러운 화해 장면에 함께했다. 그 자리에서 미코버 씨는 호주로 이민을 가겠다고 선언했다. 그리고 그 비용을 고모할머니가 대주기로 했다. 미코버 씨는 말했다.

"그런 돈을 그냥 받을 수는 없지요. 자리 잡을 때까지 연리 5부로 계산해서 어음을 써드리지요. 길어야 1년 반 혹은 2년 후면 자리를 잡을 수 있지 않을까요? 미스 트롯우드, 그래도 되겠습니까?"

고모할머니가 대답했다.

"뭐든 당신이 원하는 대로 해드리지요. 참, 데이비드가 잘 알고 있는 가족이 곧 호주로 이민 가게 돼 있어요. 만일 생각이 있으시다면 함께 떠나는 게 어떨까요?"

그러자 미코버 부인이 고모할머니에게 말했다.

"부인, 제가 꼭 여쭤보고 싶은 게 하나 있어요. 그 나라에 가면 저희 남편 같은 유능한 사람이 사회적으로 높은 지위에 오를 수 있는 정당한 기회가 주어질까요? 당장 총독이라든가 그런 높은 자리를 원하는 건 아니고 다만 남편이 재능을 발휘할 기회가 주어질 수 있는지……."

"성실하게 열심히 일하면 반드시 보상이 있는 곳이 바로 그곳이지요."

대폭발

"그렇다면 됐어요. 우리 저 양반만큼 성실한 사람은 없으니까요."

이후 미코버 씨는 다시 쾌활한 사람이 되었고 미코버 부인은 캥거루의 습성에 대해 자주 늘어놓았다.

다시 그때를 돌아보며

나는 도라를 회상하며 다시 한 번 발걸음을 멈추어야겠다.

도라가 점점 쇠약해지면서 그녀의 애견 짚도 갑자기 늙어버렸다. 그저 멍하니 손발을 떨고 있을 뿐이었다. 짚은 도라의 침대에 누운 채 조용히 고모할머니의 손을 핥아줄 뿐이었다.

도라는 우리를 바라보며 미소 짓고 있다. 여전히 아름답다. 가끔 도라의 고모 둘이 찾아와 행복했던 옛 시절 이야기를 들려주곤 한다.

나는 깨끗하게 정돈된 방에 앉아 있다. 도라의 푸른 눈이 나를 바라보고 있고 그녀의 작은 손이 내 손을 꼭 감아쥐고 있다. 내 생애 이렇게 이상할 정도로 평온하며 고요한 순간이 있었던가! 몇 시간이고 나는 그냥 그렇게 앉아 있다.

저녁이다. 나는 똑같은 침대 곁, 똑같은 의자에 앉아 있다. 똑같은 얼굴이 나를 바라보고 있다. 그녀의 얼굴에는 미소가 떠올라 있다. 이제 그 가벼운 짐을 아래위로 나를 일도 없었다. 도라는 하루 종일 거기 누워 있는 것이다.

그녀가 내게 말한다.

"여보, 제가 하는 이야기를 듣고 어처구니없다고 생각하지 말아요. 아그네스가 보고 싶어요. 정말 너무 보고 싶어요."

"그렇다면 내가 그녀에게 「편지」를 쓰겠소."

"정말이지요? 아그네스에게 안부를 전해주세요. 제가 정말로, 죽고 싶을 만큼 보고 싶어한다고 적어주세요. 제 소망은 그것뿐이에요."

"또 있지 않소. 당신의 건강이 회복되는 거."

"그럴 수 없다는 걸 전 잘 알아요. 그래봤자 다시 철없는 아내밖에 더 되겠어요? 저는 아주 행복해요."

밤이다. 나는 여전히 그녀 곁에 있다. 아그네스가 왔다. 아그네스는 하루 낮과 하룻밤을 우리와 지냈다. 나는 아침부터 계속 도라 곁에 있다. 도라는 아주 만족해했고 명랑했다.

도라가 내 곁을 떠난다는 것을 나는 알고 있던 것일까? 모두들 그녀가 떠날 것이라고 말한다. 그러나 나는 그 사실이 피부로 와 닿지 않는다. 마침내 마지막이 온다는 것을 도저히 이해할 수 없다. 나에 대한 그녀의 사랑, 그녀를 향한 나의 사랑이 아직 살아 있는데 그녀가 죽을 리 없다는 덧없는 희망을 떨쳐버릴 수 없다.

그녀가 유난히 상냥한 얼굴로 내게 말을 건다.

"여보, 요즘에 몇 번이고 생각한 게 있는데 말해도 괜찮겠어요?"

내가 도라의 베개 위로 얼굴을 가져가자 그녀는 내 눈을 들여다보며 조용히 이야기한다.

"나는 너무 어렸어요. 생각이나 하는 짓이나 모두…… 정말 어쩔 수 없는 바보였어요. 저는 그냥 당신과 소년 소녀처럼 지내는 건데…… 당신 아내가 되는 게 아니었어요."

나는 눈물을 억지로 참으며 말했다.

"오, 도라! 나도 남편으로서는 자격이 없었소."

"그럴지도 몰라요. 하지만 제가 아내로서 자격이 있었다면 당신도 그렇게 되었겠지요. 어쨌든 저는 정말 행복했고 지금도 행복해요. 세월이 흐르면 당신은 철없는 아내에게 싫증이 났을 거예요. 그 철없는 아내는 점점 더 당신을 피곤하게 하고 실망을 주었을 거예요. 결국은 저를 점점 더 사랑하지 않게 되었을 거예요. 그래서 지금 이대로가 좋아요.

저는 당신을 사랑한다는 것 빼놓고는 장점이 없는 여자예요. 아, 참 한 가지 빼놓았네요. 귀여운 것도 제 장점이긴 하지요. 자, 제게 한 가지 약속해주세요. 아래층에 가시거든 아그네스를 올려 보내주세요. 그녀와 이야기를 하고 싶어요."

아래층 거실에 아그네스가 있었다. 나는 그녀에게 도라의 말을 전했다. 아그네스는 나와 짚을 남겨둔 채 2층으로 갔다.

난로 곁에 짚의 집이 있었다. 짚은 그 안에서 잠을 청하고 있다. 밝은 달이 중천에 떠 있다. 밖을 내다보니 눈물이 흐른다. 나는 다시 난롯가에 앉아 내 결혼생활을 되돌아본다. 도라와 나 사이에 있었던 하찮은 일들이 하나하나 떠오른다. '삶이란 그런 하찮은 일들의 총집합이구나'라고 새삼 깨닫는다. 나의 풋내기 사랑과 그녀의 철없는 사랑이 온갖 아름다움으로 꾸며져 있었다.

나는 시간이 흐르는 것도 잊고 있었다. 한참 만에 짚이 끙 끙대는 소리에 정신이 들었다. 짚은 제 집에서 꾸물꾸물 기어 나오더니 2층으로 올라가려고 낑낑거린다.

"오늘은 안 돼, 짚."

짚은 아주 천천히 내게로 다가와서 내 손을 핥더니 탁한 눈을 들어 내 얼굴을 바라본다.

"아아, 짚, 우리는 다시는 못 만날지도 몰라."

개는 내 발밑에 누워 구슬프게 한 번 "컹" 하고 울듯이 짓더니 조용히 숨을 거두었다.

그때 아그네스가 내려왔다. 슬픔과 애처로움이 가득한 얼굴로 비 오듯 눈물을 쏟고 있었다.

"아그네스, 도라도?"

그렇다. 그렇게 끝이 났다. 눈앞이 캄캄해지며 한순간 모든 것이 내 기억에서 사라져버렸다.

제
13
장

폭풍우

내가 지금부터 독자 여러분에게 들려주려는 이야기는 도저히 잊을 수 없는 아주 무시무시한 이야기이다. 그러나 곧장 그 이야기를 하기에 앞서 독자 여러분이 궁금해할 뒷이야기 하나 전하자.

트래들스와 미코버 씨가 노력한 결과 우라이아 힙의 횡령 사건은 원만하게 해결되었다. 위크필드 씨는 그동안 자신을 옥죄고 있던 모든 멍에에서 벗어났으며 건강도 어느 정도 회복되었다. 고모할머니는 잃어버렸던 돈을 다 되찾았으며 위크필드 법률사무소는 파산의 위험에서 벗어나게 되었다. 고모할머니는 미코버 씨의 빚을 모두 갚아주었고 미코버 씨는 나중에 반드시 갚겠다며 어음을 써주었다. 한편 우라이아 힙은 사기 및 횡령죄로 체포되어 구치소에 수감되었다.

이민선 출항일이 가까워지자 페거티가 런던으로 왔다. 그리고 나는 페거티 남매와 미코버 씨 가족과 늘 함께 있었다. 하지만 에밀리는 만나지 못했다. 페거티 남매는 내게 햄 이야기를 해주었다. 그가 얼마나 씩씩하게 모든 슬픔을 잊고 살아가는지 대견하다는 이야기였다. 나는 그들과 햄에 관한 이야기를 나누고 돌아오면서 그가 부탁한 것을 들어주어야겠다고 생각했다.

그때 고모할머니와 나는 코벤트 가든에 임시로 묵고 있었다. 하이게이트에 있는 두 채의 집을 처분했기 때문이다. 나는 외국으로 나가서 잠시 지내기로 했고 고모할머니는 도버의 집으로 돌아갈 계획이었다.

나는 그날 잠자리에 들기 전에 에밀리에게 「편지」를 썼다. 나는 햄이 그녀에게 전해주고 싶다고 한 말만을 전했다. 공연히 내 감상을 덧붙이는 것은 햄의 그 순결한 마음에 오히려 흠집을 내는 일처럼 생각되었기 때문이다. 나는 그 「편지」를 에밀리에게 전해달라며 페거티 씨에게 보냈다.

　이튿날 페거티 씨가 에밀리의 「편지」를 들고 나를 찾아왔다. 햄에게 보내는 「편지」였다.

　　보내주신 「편지」 잘 받았습니다. 언제나 이렇게 친절을 베풀어주시니 어떻게 감사를 드려야 할지 모르겠습니다. 모든 말씀 가슴에 깊이 새기겠습니다. 「편지」를 읽으며 내내 기도를 드렸습니다. 당신과 아저씨께 입은 은혜를 생각하면서 하나님의 자비로움을 깨닫고 하나님께 울며 매달렸습니다.

　　영원토록 안녕히 계십시오. 그립고 그리운 당신께 이 세상에서의 영원한 작별을 올립니다. 저 같은 인간도 용서받을 수 있다면 저세상에서 다시 태어나 당신 곁으로 가겠습니다. 온 마음으로 진심으로 감사와 축복을 드립니다. 그럼 안녕, 영원히.

　간단했지만 많은 사연이 담겨 있었고 눈물로 얼룩진 「편지」였다. 나는 페거티 씨에게 말했다.

"저는 야머스에 다녀와야겠습니다. 쓸쓸히 혼자 있을 햄이 늘 마음에 걸립니다. 아직 배가 떠나기 전에 다녀올 시간이 충분히 있습니다. 이 「편지」를 햄에게 전해주었다는 것을 에밀리가 알고 떠나는 게 좋겠지요. 오늘 밤에 당장 가겠어요."

나는 즉시 역마차를 타고 야머스로 향했다.

날씨가 심상치 않았다. 마부에게 말했더니 그가 대답했다.

"그러게 말입니다. 이렇게 묘한 하늘은 처음 보는데요."

밤이 깊어가면서 구름이 새카맣게 하늘을 뒤덮었고 바람은 점점 더 거세어졌다. 아직 9월이라 밤이 짧지 않았건만 사위는 너무 어두워서 말이 길을 잘못 들기도 하고 갑자기 멈춰 서기도 했다.

동이 트자 바람은 점점 더 거세게 불어왔다. 이런 바람은 정말 처음이었다. 오후 늦게 우리는 야머스에 닿았다. 바닷가 쪽에서 바람이 정면으로 불어오고 있었다. 야머스 근처 저지대는 물에 잠겨 있었고 파도가 둑을 내리치면서 용솟음치고 있었다. 겨우 시내에 닿으니 사람들은 이런 밤에 용케도 역마차가 왔다며 수군거렸다.

나는 언제나 묵는 여인숙에 여장을 푼 후 일단 바다를 보러

나갔다. 비틀거리며 거리를 걷자니 모래며 해초며 바람에 날려 온 바다 거품으로 거리는 엉망이었다. 바다가 가까워지자 울부짖는 아낙네들이 보였다. 바다로 나간 남편들이 돌아오지 않았기 때문이다. 안전한 곳으로 대피하기 전에 변을 당했을 가능성이 컸기에 그녀들은 절망하고 있었다.

나는 겨우 몸을 가누며 바다를 바라보았다. 정말 엄청났다. 가장 작은 파도라도 이 마을 전체를 덮어버릴 것 같았다. 온갖 파도들이 그 형체를 바꾸며 잇따라 덤벼들었다. 마치 온 천지가 개벽하는 것 같았다.

그런데 바닷가에 모여든 사람들 중에 햄의 모습이 보이지 않았다. 나는 그의 집으로 향했다. 문이 닫혀 있어 노크를 해도 응답이 없었다. 나는 다시 그가 일하고 있는 조선장으로 향했다. 거기서 나는 그가 긴급히 배를 수리할 일이 있어서 로웨스토프트로 갔으며 내일 아침 일찍 돌아올 예정이라는 소식을 들을 수 있었다.

나는 여인숙으로 돌아와서 몸을 씻고 잠자리에 누웠다. 그러나 오만가지 생각에 잠을 이룰 수 없었다. 나는 서둘러 조선장으로 되돌아갔다. 햄이 이 폭풍우를 뚫고 돌아오다가 변을 당한 것은 아닌가 걱정되어서였다. 하지만 기우였다. 조선장의 문을 닫던 사람이 이렇게 폭풍우가 불어오는 판에 밤에 배를 띄울 사람이 어디 있겠느냐, 하물며 날 때부터 뱃사람인 햄이 그런 짓을 하겠느냐며 껄껄 웃었다.

나는 다시 여관으로 돌아왔지만 안절부절하지 못했다. 바람과 파도소리 때문이기도 했지만 이유도 모르는 채 마음이 불안했다. 나는 다시 밖으로 나가서 거리를 서성이다 돌아왔다. 완전히 지쳐 있었다. 나는 잠이 들었다기보다는 그냥 지쳐 곯아떨어졌다.

나는 밤새 악몽에 시달렸다. 꿈속에서도 바람은 계속 불어오고 있었다. 그런데 느닷없이 꿈속의 장면이 바뀌었다. 누군지 모르지만 친한 친구 두 명이 포성이 요란한 가운데 어느 도시 공격전에 참여하고 있었다. 나는 그 친구들 걱정에 그 폭격 소리에 귀를 막으려고 애를 쓰다가 잠에서 깨어났다.

벌써 날이 완전히 밝았다. 아침 8시는 넘은 것 같았다. 꿈속의 폭격 소리가 폭풍우 몰아치는 소리로 바뀌어 있었다. 누군가가 내 방문을 두드렸다.

"무슨 일이오?"

"아주 가까운 데서 배가 난파했습니다. 사람들이 모두 그리로 몰려갔습니다."

나는 벌떡 일어나 무슨 배냐고 물었다. 왠지 그냥 불안했다.

"과일과 포도주를 싣고 스페인에서 온 범선입니다. 보시고 싶으면 빨리 오십시오. 배가 곧 산산조각날 것 같습니다."

나를 깨운 사람은 서둘러 계단을 내려가더니 사라졌다. 나도 황급히 옷을 입고 밖으로 나갔다.

거리는 바닷가로 달려가는 사람들로 꽉 차 있었다. 나도 그들과 함께 바닷가로 달렸고 곧 바다와 마주할 수 있었다. 바람은 좀 가라앉았지만 바다는 여전히 무시무시했다. 무수한 파도가 서로를 밀치며 단숨에 몰려왔다 물러갔고, 잠시도 틈을 주지 않고 또 다른 파도 더미가 밀려왔다.

바람과 파도 소리에 묻혀 수많은 인파의 고함 소리가 들렸다. 세상에 바로 우리 눈앞, 가까운 곳에 난파선이 있었다. 돛대 하나가 여러 동강으로 부러져 배 옆구리에 쓰러져 있었고 그 돛대에 돛과 밧줄이 어지럽게 엉켜 있었다. 배에 탄 선원들이 그 돛대를 잘라내려고 애를 쓰고 있었다. 순간 산더미 같은 파도가 덮쳤다. 순식간에 갑판 위에 있던 모든 것을 앗아갔다.

내 옆에 있는 사람이 저러다 저 배는 금방 두 동강이가 날 것이라고 말했다. 배에 대해서 잘 모르는 내가 보기에도 그랬다. 배는 파도에 밀려 올라왔다가 다시 내려오곤 했다. 파도에 휩쓸릴 때마다 배는 우리 눈에서 사라졌다가 다시 나타나곤 했다. 그때마다 우리 눈앞에서 선원들도 사라졌다. 배에 남아 있는 돛에 단 두 명만이 매달려 있을 뿐이었다.

우리는 모두 무기력했다. 눈앞에서 참상이 벌어지고 있는데도 손 하나 쓸 수 없었다. 그들이 무사하게 해달라고 기도하는 외에 할 수 있는 일이라고는 없었다. 구조선을 띄워보려 해도 소용이 없었으며 밧줄을 가지고 헤엄쳐 간다는 것은 목숨을 내놓는 일과 다름없었다.

그때 사람들을 헤치고 햄이 나타났다. 이른 아침에 돌아온 것이 분명했다. 나는 그의 눈에서 어떤 결의를 읽었다. 나는 그를 결사적으로 말렸고, 사람들에게 그를 꼭 붙잡아달라고 애원했다.

바닷가 사람들 사이에 또다시 비명이 울렸다. 갑판 위 돛에 매달려 있던 두 명 중 한 명이 다시 파도에 휩쓸렸다. 이제는 돛대 위에 한 명만 매달려 있었다. 그 사내는 이상한 빨간 모자를 쓰고 있었다. 보통 선원들이 쓰는 것과는 달리 아름다운 모자였다.

그 모습을 보고 사람들의 마음이 흔들렸다. 그들은 햄의 결의에 찬 모습 앞에서 뒤로 물러났다. 내가 아무리 간청해도 소용없었다. 햄이 내 두 손을 굳게 잡고 말했다.

"데이비 도련님, 제게 무언가 할 기회가 온다면 지금이 바로 그때입니다. 자, 여러분 준비해주십시오."

사람들은 햄을 붙잡는 나를 한쪽으로 떼어냈다. 햄의 결심이 확고하니 그를 돕는 게 오히려 그를 보호하는 길이라고 친절하게 설명하는 사람도 있었다. 이윽고 햄은 손목에 밧줄을 걸고 또 다른 밧줄은 몸에 감고 혼자 서 있었다. 그리고 몇몇 힘센 장정들이 햄의 몸에 감은 밧줄 끝을 잡고 있었다.

나 같은 문외한이 보기에도 난파선은 이제 산산조각 날 판이었다. 돛대 위에 매달린 사나이의 목숨은 햇빛을 받은 풀잎 위의 이슬 신세였다. 그런데도 그는 필사적으로 거기 매달려 있었다.

마침내 햄이 밧줄 끝을 잡고 있는 사람들을 한번 뒤돌아보더니 바다 속으로 뛰어들었다.

나는 그 뒤의 일은 묘사하고 싶지 않다. 그가 파도와 싸운 끝에 그 어려운 일을 완수해냈다면 나는 신이 나서 펜을 놀렸을 것이다. 그냥 그가 파도와 싸우며 난파선 가까이 갈 수 있었다는 말만 하고 말겠다.

결국 햄도 배도 뒤에 덮친 파도에 삼켜졌을 뿐이다. 사람들이 밧줄을 잡아당겨 햄을 내 발밑까지 끌어올렸지만 이미 의식은 없었다. 사람들이 그를 집으로 옮긴 후 그를 소생시키기 위해 온갖 힘을 다했지만 결국 그는 돌아오지 않았다.

내가 그의 침대 곁에 망연자실해서 앉아 있는데 한 어부가 찾아와서 말했다.

"저, 도련님, 잠깐 저쪽으로 가보시지 않겠어요?"

"또 다른 시체가 올라왔나요?"

"네."

"내가 아는 사람인가요?"

그는 아무 대답이 없었다. 그는 아무 말 없이 나를 바닷가로 데려갔다. 에밀리와 내가 함께 조개를 줍던 그 바닷가에, 간밤에 바람에 날려간 낡은 뱃집의 파편들이 여기저기 널려 있는 그 바닷가에, 스티어포스가 한 팔로 머리를 가볍게 괴고 누워 있었다. 그는 그가 파괴해버린 가정의 폐허 속에 누워 있었던 것이다.

이별, 그리고 새로운 시작

그렇게 햄과 스티어포스는 갔다. 나는 밤에 몰래 야머스를 떠났다. 물론 스티어포스의 유해는 내가 수습해서 마차에 실었다.

나는 스티어포스의 어머니를 만나 그의 유해를 전했다. 나는 별로 할 말이 없었다. 그동안 그가 무엇을 했고 어쩌다 그 범선에 타게 되었는지는 나보다 그녀가 더 잘 알 것이기 때문이었다. 스티어포스의 어머니는 그 자리에서 기절했다. 하지만 나는 하인들에게 뒤처리를 부탁하고 돌아서 나오는 수밖에 없었다.

나는 이 나라를 떠나는 사람들에게는 이 일을 비밀로 하기로 마음먹었다. 아무것도 모르는 채 즐거운 뱃길을 할 수 있게 해주기 위해서였다.

마침내 그들이 떠나는 날이 되었다. 미코버 씨 가족은 전투 태세를 완전히 갖추었다. 미코버 부인은 꼭 끼는 모자를 눌러 쓰고 턱 밑에서 끈을 단단히 조여 맸으며 아이들은 아버지처럼 완전한 선원 복장을 하고 있었다. 그런데 참으로 놀라운 것은 런던에서 캔터베리로 이사 갈 때는 이 세상 끝까지 가는 것처럼 말했던 미코버 씨가 저 먼 호주로 가면서 마치 이웃에 나들이 가는 것처럼 덤덤했다는 것이다.

페거티 씨 일행 중에는 마사도 있었다. 나는 에밀리도 만날 수 있었다. 우리는 가볍게 포옹하며 이별의 정을 나누었다.

이윽고 우리— 나와 고모할머니, 딕 씨, 그리고 아그네스— 는 배가 떠나는 것을 지켜보았다. 배가 천천히 움직이자 배에서 갑자기 만세 삼창이 터져 나왔다. 그 소리를 듣고 배웅 나온 사람과 떠나가는 사람 모두가 일제히 모자와 손수건을 흔드는 것을 보자 내 가슴은 찢어질 것만 같았다.

에밀리도 마지막 작별의 손을 흔들었다. 그는 아저씨 곁에

서서 그의 한쪽 어깨에 매달려 있었다. 아름다운 에밀리, 지금은 슬픔을 가득 안고 떠나지만 그 상처받은 가슴을 그를 향한 무한한 믿음이 채워주리라! 그도 크나큰 사랑의 힘으로 너에게 매달려 있으니!

이윽고 우리들이 서 있는 해안에 밤의 장막이 내리기 시작했다.

제
14
장

아그네스

나는 3년 동안 영국을 떠나 있었다. 도라를 잃은 슬픔, 햄과 스티어포스를 잃은 상실감, 정다운 사람들과 헤어진 아쉬움 등을 이겨낼 수 없었기 때문이다.

나는 그 중압감에 여러 달 동안 이곳저곳을 방황했다. 그리고 결국 스위스에 머물면서 나머지 두 해 반 정도를 지냈다. 그곳에서도 나는 여전히 슬프고 비참한 마음에 젖어 있었다.

어느 날 해가 질 무렵 나는 내가 그날 밤 지내기로 되어 있는 골짜기를 향해 걸음을 옮기고 있었다. 산허리의 구불구불한 길을 따라 내려가다보니 아래쪽 계곡이 저녁놀을 받아 붉게 빛나고 있었다. 무슨 섭리였을까, 여행하는 동안 한번도 느껴보지 못했던 아름다움과 평온함, 평화로움이 내 안에서 희미하게 피어오르는 것을 느꼈다. 무슨 좋은 변화가 일어날 것만 같았다. 무언가 아련한 슬픔 같기도 했지만 나를 짓누르거나 절망에 빠지게 만드는 슬픔과는 다른 것이었다. 마치 대자연이 내게 말을 거는 것 같았다. 나는 도라가 세상을 떠난 이래 처음으로 서럽게 울었다.

숙소에 도착하니 나보다 몇 분 전에 도착했다는「편지」한 묶음이 나를 기다리고 있었다. 나는 저녁 준비가 되는 동안 그「편지」들을 읽어보려고 천천히 마을 밖으로 나섰다. 나는「편지」다발 속에서 아그네스의「편지」를 꺼내어 읽었다.

그녀는 열심히 생활하는 자신의 삶에 만족한다고 썼으며 모든 일이 바라는 대로 잘되어가고 있다고 썼다. 그녀가 자신에 대해 쓴 것은 그것이 전부였다. 나머지는 모두 내 이야기뿐이었다.

그녀는 내게 아무런 충고도 하지 않았고 내가 해야 할 바를 말해주지도 않았다. 다만 그녀가 나를 열렬히 신뢰하고 있다고만 했으며 내가 겪은 슬픔에서 내가 더 많은 격려를 얻게 될 것이며 그것이 힘이 될 것이라고 썼다.

나는 숙소로 돌아와 잠들기 전 그녀의 「편지」를 몇 번이고 되풀이해 읽었다. 그리고 즉석에서 「답장」을 썼다.

나는 지금 당신의 도움이 절실하게 필요하다, 당신이 없다면 나는 당신이 생각하는 그런 사람이 절대로 될 수 없을 것이라고 썼다. 그리고 여기까지 내가 올 수 있었던 것도 오로지 당신 덕이라고 썼다. 진심이었다.

나는 이 골짜기에서 정말 열심히 소설을 썼다. 내가 실제로 겪은 것에 바탕을 둔 소설이었다. 그리고 그 소설을 트래들스에게 보냈다. 나의 명성이 점점 높아져가고 있다는 소식이 나그네 편에 간간이 전해지기도 했다.

이제 내가 고국을 떠나 여행하는 동안 내 마음을 줄기차게 사로잡았던 비밀을 털어놓을 때가 된 것 같다. 바로 아그네스를 향한 나의 마음이다.

하지만 나도 내 마음의 비밀을 완전히 파악하고 있는 것은 아니다. 그래서 내가 언제부터 아그네스에게 희망을 품게 되었는지는 정확히 말할 수 없다. 아무리 철이 없었다 해도 그녀의 사랑이라는 보물을 어떻게 스스로 내던지게 되었는지, 그리고 그것을 언제부터 후회하게 되었는가도 확실하지 않다.

만일 그때 내가 아그네스와 자주 만났더라면 외로움에 마음이 약해져 있던 나는 나의 그런 심정을 솔직히 털어놓았으리라. 사실 내가 영국을 떠난 것은 그런 일이 벌어질 수도 있으리라는 두려움 때문이기도 했다. 내가 진심을 고백해버리면 둘 사이가 어색해지리라는 두려움, 그녀의 누이와 같은 사랑을 잃을지도 모른다는 두려움이 나를 영국 바깥으로 발걸음을 하게 만든 것이다.

내 안에서 변화의 조짐이 일고 희망의 씨앗이 싹트기 시작한 그때, 나는 스스로에 대해 조금은 더 알 것 같은 기분에 젖었다. 지금과는 다른 인간이 될 수 있을 것만 같았다. 나의 과거의 잘못을 지우고 새로운 삶을 살 수 있을 것만 같았다. 그리고 아그네스와의 결혼이라는 축복을 받을 수도 있으리라는 생각이 슬쩍슬쩍 고개를 들었다.

그러나 나는 그 생각을 애써 지웠다. 신성한 존재를 땅으로 끌어내리는 저속한 생각이라고 자신을 비웃었으며, 나에 대한 그녀의 믿음을 모두 저버리는 배은망덕한 생각이라고 자신을 책망했다.

그러나 내가 그녀를 사랑하고 있다는 믿음은 날이 갈수록 강해졌다. 나는 심한 혼란으로 갈피를 잡을 수 없었다. 그리고 마치 겨울과도 같은 가을날 저녁, 나는 런던에 닿았다. 영국을 떠난 지 3년 만이었다.

내 주변 사람들의 처지에는 모두 변화가 있었다. 트래들스는 변호사 사무실을 차리고 결혼도 했다. 고모할머니는 다시 도버에 자리를 잡았다. 런던에 도착하자마자 나는 트래들스를 만나 그의 집에서 하루를 지낸 후 다음 날 마차를 타고 도버로 향했다. 이제는 돋보기를 끼게 된 고모할머니와 딕 씨, 가정부로 일해온 페거티가 기쁨의 눈물을 흘리며 나를 반갑게 맞아주었다.

고모할머니와 나는 밤늦게까지 많은 이야기를 나누었다.

고모할머니가 내게 물었다.

"그런데 트롯, 캔터베리에는 언제 갈 생각이니?"

"내일이라도 가볼 생각이에요. 벌써 말을 빌려놓았어요. 할머니도 같이 가시겠어요?"

"나는 안 가. 여기 그냥 있을 거다."

생각에 잠겨 화톳불을 바라보고 있는 나의 손등을 고모할머니가 가볍게 토닥거려주었다. 아그네스와 이렇게 가까이 있게 되니 오랫동안 내 가슴속에 자리 잡고 있던 회한이 되살아났다. 그렇다, 그녀를 향한 사랑이 되살아난 것이 아니다. 나는 그녀를 언제고 사랑하고 있었으니 절대로 되살아난 것이 아니다! 그보다는 이상한 후회, 이상한 회한만이 밀려올 뿐이었다. 내 귀에는 "오, 트롯, 사랑에 눈이 멀었구나, 눈이 멀었어!"라는 고모할머니의 옛 말씀이 다시 들리는 것 같았다. 하지만 그때와 달리 그 말의 뜻을 뼈저리게 이해할 수 있다는 것이 달랐다.

우리는 잠시 침묵을 지키고 있었다. 그러다 결국 내 입에서 속마음을 들키는 말이 나오고 말았다.

"저, 할머니 혹시 아그네스에게……."

"아그네스에게? 그래, 뭐가 알고 싶은 거냐?" 할머니가 힘찬 목소리로 되물었다.

"저 혹시 사랑하는 사람이?"

고모할머니는 턱을 괴고 잠시 생각에 잠기더니 천천히 눈을 들어 나를 바라보았다.

"글쎄, 잘은 모르겠지만 마음이 끌리는 사람이 하나 있긴 있는 모양이더라.”

“상대방도 마음이 있나요?”

“난 잘 몰라. 아그네스가 자세히 말해준 것도 아니고. 내 추측일 뿐이니 함부로 말할 자격이 없지.”

“만약에 그렇다면 머지않아 아그네스가 제게 말해줄 겁니다. 내가 모든 것을 고백해온 누이 같은 사람이니 제게도 비밀을 털어놓겠지요.”

고모할머니는 천천히 내게서 눈을 돌리더니 깊이 생각해볼 것이 있는 듯 눈을 감았다.

이튿날 아침 나는 말을 타고 내 옛 학창시절을 보냈던 곳을 향해 떠났다. 고모할머니의 말씀 때문인지, 그녀를 만난다는 기대에 젖어 있으면서도 별로 즐겁지 않았다.

그날 나는 캔터베리로 가서 우선 위크필드 씨와 만나 이야기를 나누었다. 그는 상당히 건강을 회복했다. 그리고 나는 아그네스와 오랫동안 이야기를 나누었다.

그녀가 내게 물었다.

“또다시 떠나실 건가요?”

“어떻게 하면 좋겠어요?”

"안 떠나셨으면 좋겠어요."

"그럼 안 떠나겠소, 아그네스."

"당신이 물어보니까 대답했을 뿐이에요. 당신 명성이 높아지면 당연히 제 곁을 떠나게 되겠지요. 제가 붙잡는다 해도 세상이 그걸 허락하지 않을 거예요."

"그러나 지금의 내가 있게 된 건 모두 당신 덕이오, 아그네스. 누구보다 당신이 잘 알고 있을 거요."

"제 덕이라고요, 트롯우드?"

"그래요, 아그네스. 아그네스, 언제까지나 나를 좀 더 높은 곳으로 이끌어주시오."

그녀는 서글픈 미소를 지으며 고개를 가로저었다. 눈에는 눈물이 글썽했다.

"아그네스, 지금까지 당신 덕분에 암흑 속에서 길을 찾았듯이 앞으로도 평생 당신을 우러러보며 당신이 이끄는 대로 가고 싶소. 당신에게 어떤 변화가 오더라도 나는 변함없이 당신을 바라보고 의지하며 사랑할 것입니다."

순간 고뇌에 찬 그림자가 그녀의 얼굴을 스쳤지만 금세 사라졌다.

그날 밤 나는 말을 타고 돌아왔다. 길을 오면서 나는 그녀가 불행해지지 않기를 진심을 모아 기도했다. 그리고 그 어떤 신비로운 힘에 의해 내세에서 지상의 사랑과는 다르게 그녀를 사랑할 수 있게 되었으면 하는 생각을 했다.

내 앞길에 빛이……

이윽고 크리스마스가 다가왔다. 고향에 돌아온 지도 두 달이 넘었고 나는 자주 아그네스를 만났다. 적어도 1주일에 한 번쯤은 그녀의 집에 들렀고 대개 밤에 돌아왔다. 나는 내가 쓴 글들을 그녀에게 읽어주었고 그녀가 귀 기울여 듣는 모습을 멍하니 바라보면서 글 읽는 일을 깜빡 잊기도 했다. 그녀는 지나가는 말처럼 내 글을 칭찬해주었다. 하지만 그녀의 칭찬 한 마디가 내게는 그 어떤 거창한 칭송보다도 힘을 주었다.

나는 분명 아그네스를 사랑하고 있었다. 그러나 그 사랑으로 그녀를 휘젓는 짓을 할 수는 없었다. 내 이기심으로 그녀에게 상처를 주게 될 것이며, 두 번 다시 돌이킬 수 없는 결과를 가져오리라 생각했기 때문이다. 나는 그녀를 향한 사랑 때문에 괴로워하는 대신 내 의무감을 되새기고 다짐했다. 그리고 그것이 그녀와의 관계를 계속하는 길이라고 믿었다. 게다가 그녀는 어떤 변화된 모습도 내게 보여주지 않았다. 그녀는 언제나 한결같은 아그네스였다. 그녀는 크리스마스가 가까웠는데도 마음에 둔 남자에 대해 내게 아무런 고백도 하지 않았다. 나는 생각했다. '나와 그녀 사이에 장애가 생긴 셈이야, 우선 그 장애를 없애야 해.'

크리스마스가 가까운 어느 혹독하게 추운 날이었다. 캔터베리로 가려고 말에 오르려는 내게 고모할머니가 말했다.

"오늘도 말을 타고 가니, 트롯?"

"네."

그때 왜 갑자기 고모할머니에게 그 말을 했는지 나도 모른다. 내가 갑자기 고모할머니에게 물었다.

"할머니, 아그네스가 마음에 둔 남자 있다고 하셨죠? 그 이후 다른 소식은 없나요?"

"글쎄, 전혀 없는 건 아니지. 아그네스가 결혼할 것 같아."

"오, 그래요? 정말 축하할 일이네요." 나는 짐짓 쾌활하게 말했다.

고모할머니 말씀을 듣고 나는 조금 전에 결심한 것을 실행할 분명한 이유가 생겼다고 생각했다. 나는 급히 말을 몰았다.

그녀와 나는 창가에 앉았다. 생각에 잠긴 내 모습을 보고 그녀가 말했다.

"오늘 생각이 많아 보이네요, 트롯우드."

"아그네스, 내 생각이 어떤 건지 궁금해요? 오늘은 오로지 그것 때문에 온 건데……."

그녀는 하던 일을 옆으로 미루고 내게 집중했다.

"아그네스, 내가 당신에게 진실하다는 걸 믿고 있지요?"

"그럼요."

"그러면 내게 당신 비밀을 알 권리가 조금은 있다고 인정하지요?"

"네, 그래요."

"그렇다면 당신의 비밀을 내게 말해줘요. 당신이 당신의 소중한 사랑을 바칠 사람이 있다는 걸 알고 있어요. 그 이야기를 당신이 아니라 다른 사람에게서 들으니 정말 이상하기만 해요. 나를 진정한 친구나 오빠로 여기고 말해줘요."

그러자 그녀는 자리에서 일어나더니 울음을 터뜨렸다. 그리고 마치 몽유병자처럼 비틀거리며 방을 가로질렀다.

"아그네스, 사랑하는 동생, 내가 뭘 어쨌다고……."

"아무 말 말고 이대로 가주세요. 나중에 말씀드릴게요."

"아그네스, 당신이 나 때문에 운다고 생각하니 견딜 수 없어요. 당신의 불행은 내가 나누어야 해요. 당신 마음에 짐이 있다면 내가 가볍게 해줄게요. 내가 질투를 한다거나 당신을 훌륭한 사람에게 넘겨줄 수 없다고 생각하는 줄 안다면 그건 오해예요. 나는 그런 이기심에서는 벗어나 있어요."

그러자 그녀가 창백한 얼굴을 내게로 돌리더니 또렷한 목소리로 말했다.

"트롯우드, 당신도 나를 오해하고 있어요. 나는 당신의 도움이 필요할 때는 분명히 받아왔어요. 무거운 짐? 이미 다 내려놓았어요. 만약 제가 비밀을 지니고 있다면, 그건, 그건 지금 시작된 게 아니에요. 당신이 생각하고 있는 그런 게 아니에요. 오랫동안 저만의 것이었고 앞으로도 그럴 수밖에 없어요."

나는 그녀의 말에서 번쩍이는 빛을 보았다. 지금 시작된 것이 아니라니! 나는 나가려는 그녀를 붙들고 그녀의 허리를 끌어안았다. 새로운 불안과 새로운 희망이 내 마음속에 소용돌이쳤다. 어쩐지 내 인생의 색깔이 완전히 달라지는 것 같은 느낌을 받았다.

"오, 아그네스! 언제나 나의 변함없는 안내자였던 아그네스! 우리가 아주 어렸을 때, 당신이 나보다 훨씬 어른스럽게 나를 가르치지만 않았어도, 바보같이 당신 곁을 떠나는 짓은 안 했을 텐데! 당신을 사랑하면서도 믿고 의지하는 게 버릇이 되어버렸으니……. 그것이 당신을 향한 내 사랑을 뒤덮어버렸던 거요."

그녀는 울고 있었다. 슬픔이 아니라 기쁨의 눈물이었다.

나는 그녀에게 말했다.

"아그네스, 나는 당신을 사랑하면서 당신 곁을 떠났고, 당신을 사랑하면서 다른 곳에 머물고 있었으며, 당신을 사랑하면서 돌아왔소."

그러자 그녀가 말했다.

"트롯우드, 당신이 나를 사랑한다고 마음을 열어놓으니 정말 행복해요. 제 심장이 터질 것 같아요. 그렇지만 한 가지 꼭

내 앞길에 빛이……

말씀드릴 게 있어요. 그게 뭔지 아시겠어요?"

"정말 모르겠소. 어서 말해줘요."

그녀는 두 손을 내 어깨에 얹고 가만히 내 얼굴을 들여다보며 말했다.

"저는 처음부터 당신을 사랑해왔어요."

아, 우리는 행복했다. 정말로 행복했다. 달이 뜨자 우리는 창가에 앉아 포옹한 채 서 있었다. 내 마음속에 내가 걸어온 수많은 길들이 영상으로 떠올랐다. 버림받은 한 소년이 누더기 옷을 입고 먼 길을 걸어와 지친 몸으로 터벅터벅 걸어오는 모습이 보였다. 그런데 그 아이가 지금 천사를 품에 안고 내 사람이라고 말할 수 있게 되다니!

우리는 2주일 후에 결혼했다. 트래들스와 그의 아내 소피, 스트롱 박사님 부부만이 우리의 조촐한 결혼식 하객이었다. 우리는 축하하는 그들을 뒤로하고 신혼여행을 떠났다. 내가 가장 높은 곳을 열망하게 만들어주는 내 영혼의 샘, 내 존재의 영혼인 그녀를 나는 꼭 껴안았다.

아그네스가 말했다.

"여보, 당신을 여보라고 부를 수 있게 되다니…… 당신에게 한 가지 더 말해줄 게 있어요."

"뭔지 말해봐요."

"도라가 저를 보자고 한 날, 제게 남겨줄 게 있다고 했어요. 그게 뭔지 아세요?"

그러고 보니 알 것도 같았다. 나는 내 아내를 바싹 끌어당겼다.

"도라는 제게 마지막 부탁이 있다고, 죽기 전에 맡길 것이 있다고 했어요."

"그러니까, 그게……."

"그래요, 바로 당신이에요. 내게만 이 빈자리를 넘겨주고 싶다고 했어요."

아그네스는 내 가슴에 얼굴을 파묻고 울었다. 우리는 더없이 행복했지만, 나도 함께 울었다.

에필로그

 이제 내가 쓰려던 이야기는 거의 다한 셈이다. 마무리 짓는 셈치고 조금만 더 이야기하자.

 우리가 결혼한 지 10년이 지났다. 나는 명예도 재산도 가졌으며 가정에는 행복이 넘쳐흘렀다. 어느 봄날 밤, 아그네스와 나는 런던의 우리 집 난롯가에 앉아 있었고 세 아이들도 한 방에서 놀고 있었다.

 그때 어떤 낯선 사람이 우리 집에 찾아왔다. 하인 말로는 노인이며 농부 같다고 했다.

 내가 들어오시게 하라고 하자 백발노인이 나타났다. 그를 맞이한 아그네스가 놀라서 소리쳤다.

"여보, 페거티 씨예요!"

그렇다! 페거티 씨였다. 나이는 들었지만 여전히 건장한 페거티 씨였다.

그가 말했다.

"데이비 도련님, 도련님을 이런 식으로 다시 부를 수 있다니 너무 기쁩니다. 사랑하는 부인과 함께 계시는 모습을 보게 되니 더욱 기쁘고요."

"정말 반갑습니다. 혼자신가요?"

"네, 겨우 4주 정도 머물 건데 정말 먼 곳을 오긴 왔습니다. 죽기 전에 데이비 도련님을 꼭 한번 뵙고 싶어 이렇게 왔습니다."

나는 모든 사람들 소식이 너무 궁금해서 그것부터 물었다. 그가 대답했다.

"다들 잘 지내고 있지요. 다들 순식간에 성공했어요. 에밀리도 남들을 도우며 열심히 살고 있어요. 영국에서 나중에 온 사람을 통해 햄 이야기도 들어서 알게 되었지요. 에밀리는 죽어도 결혼은 싫다고 해서 저하고 살고 있습니다. 마사 이야기도 해드려야지요. 마사는 이듬해에 결혼해서 새소리 외에는 들리지 않는 곳에서 행복하게 살고 있지요."

"거미지 부인은요?"

그 이름이 나오자 페거티 씨는 쾌활하게 웃었다.

"어떤 얼간이가 그녀에게 청혼을 했답니다. 배의 요리사였
는데 제가 보기에는 좋은 남자였어요. 아, 그런데 그녀가 느닷
없이 벌떡 일어나더니 양동이의 물을 그에게 쏟아버리는 게
아니겠어요? 그래서 그냥 우리랑 함께 삽니다. 아, 미코버 씨
이야기도 해드려야겠네요. 그는 지금 어느 도시의 행정관이
되었답니다. 정말 열심히 일해서 얻은 결실이지요. 그가 취임
식 때 한 연설이 신문에 실리기도 했어요."

그러면서 페거티 씨는 그의 기사가 실린 신문을 내게 보여
주었다. 그런데 「신문」을 자세히 살펴보니 그는 그 「신문」의
주요 기고가였다. 내가 보기에는 「사설」도 그의 글 같았다.

나는 그 「신문」에서 정말 놀라운 이름을 발견했다. 그 취임
식 기사에 참석한 사람 이름에 멜 박사가 있었던 것이다. 독
자 여러분은 멜 박사라는 호칭이 낯설 것이다. 그는 바로 크리
클 학교의 멜 선생, 바로 그 사람이었다. 크리클 밑에서 가난
에 찌든 채 보조교사로 고생하던 그가 그곳에서 박사가 되었

고 그런 자리에 하객으로 지낼 만큼 성공했다니! 하객 이름에는 멜 부인도 섞여 있었다.

페거티 씨는 런던에 있는 동안 주로 우리 집에 머물렀다. 그는 다시 호주로 출발하기에 앞서 내가 햄을 추도하기 위해 만든 묘비를 보러 나와 함께 야머스로 갔다. 그는 몸을 구부려 묘지에서 한 줌의 흙과 풀을 모았다.

"에밀리에게 주려고요. 약속했거든요, 데이비 도련님."

얼마 후 그는 아그네스와 나의 배웅을 받으며 다시 신천지로 떠났다.

이제 마지막으로 펜을 놓기 전에 몇 사람의 뒷이야기를 간단히 해주어야겠다.

먼저 고모할머니. 고모할머니는 여든이 넘은 노인이지만 아직 허리도 굽지 않았고 추운 겨울날에도 10킬로미터는 충분히 걸을 만큼 건장하시다.

그리고 그 옆에는 언제나 돋보기를 낀 페거티가 있다. 페거티는 옛날에 내게 그랬듯이 내 아이들에게 그림책을 열심히 읽어준다.

여름방학 때면 내 사내애들 틈에 섞여 한 노인이 커다란 종이 연을 날린다. 그는 내게 이제 『회고록』을 끝낼 날이 얼마 남지 않았다고 말한다.

스트롱 박사님은 아직도 『사전』 집필에 몰두해 계시며, 아주 행복하게 지내신다. 내 친구 트래들스는 법학원 사무실에서 눈코 뜰 새 없이 바쁘게 일한다. 그는 가끔 나를 자기 집에 초대하는 데 그날은 어김없이 유쾌하기 그지없는 저녁이 되곤 한다.

이제 정말 펜을 내려놓으려 한다. 그리운 얼굴들도 하나 둘 사라져간다. 그러나 그 위에서 모든 것들을 환하게 비추어주는 천상의 빛처럼 빛나는 얼굴이 있다. 그 빛은 언제고 사라지지 않는다.

나는 고개를 돌리고 바라본다. 그 얼굴은 언제나 조용히 아름답게 내 곁을 지키고 있다. 램프 불도 희미해간다. 나는 오늘 밤도 늦게까지 일한다. 그러나 그 사랑스런 얼굴은 끝까지 내 곁에서 내 벗이 되어준다.

오, 아그네스! 나의 영혼이여! 내가 내 삶을 끝내는 순간에도 당신이 얼굴은 그렇게 내 곁에 있을 것인가! 내가 지금 떠나보내려 하는 수많은 그림자들처럼, 이 세상이라는 현실이 사라져버린다 해도 내게 손가락으로 하늘을 가리키며 서 있는 당신을 발견할 수 있을 것인가!

『데이비드 코퍼필드』를 찾아서

　　『데이비드 코퍼필드』를 읽은 독자에게 찰스 디킨스(Chares Dickens, 1812~1870)의 생애를 간략히 줄여 소개해주면 여러분은 그의 생애가 이 소설의 주인공 데이비드의 삶과 아주 비슷하다는 것을 금방 알 수 있을 것이다.

　　찰스 디킨스는 1812년 2월 7일 잉글랜드 서해안의 군항 포츠머스에서 해군의 하급 문관으로 근무하던 존 디킨스의 아들로 태어났다. 그날은 금요일이었다. 아버지는 외향적이며 낭비벽이 심했고 어머니는 인자했으나 생활의 지혜가 모자라는 편이었다. 그런 아버지의 모습을 디킨스는 『데이비드 코퍼필드』에서 미코버라는 인물을 통해 재현해 보여준다.

찰스 디킨스는 비교적 행복한 유년시절을 보냈지만 그가 아홉 살이 되던 무렵 아버지 존 디킨스가 빚을 많이 지게 되어 그 지역에서도 가장 낙후된 지역으로 이사할 수밖에 없게 된다. 급기야 그가 열한 살 때 아버지가 채무자 감옥에 갇히게 되고 가족 전체가 감옥에서 1년가량 생활하게 된다. 장남이었던 그는 구두약 공장에서 일을 하게 되고 학업을 중단하게 된다. 그는 열다섯 살까지만 학교 교육을 받고 법률 사무소 서기로 사회생활을 시작한다. 그리고 속기술을 익혀 신문사 기자가 된다. 그는 잡지사 편집위원 일을 하다가 스물네 살 때부터 잡지에 소설을 기고하기 시작하면서 소설가로서의 명성을 획득한다.

물론 소설 속에서 약간의 변형을 겪기는 하지만 큰 뼈대만 본다면 찰스 디킨스의 생애는 데이비드 코퍼필드의 생애와 거의 일치한다. 즉 『데이비드 코퍼필드』는 찰스 디킨스의 자전소설인 셈이다. 그런 만큼 자신의 인생 경험, 인생관이 고스란히 녹아 있는 소설이 바로 『데이비드 코퍼필드』다. 그 때문일까? 수많은 찰스 디킨스의 작품들 중에서 단 한 권 대표작을 꼽으라면 이 작품을 꼽는 사람이 대부분이며 찰스 디킨스 자신도 이 작품을 가장 아꼈다.

『데이비드 코퍼필드』에서 주인공에게 가장 두드러지는 것은 강력한 자립의지다. 그 강력한 자립의지는 자신이 마주한 불행을 기회로 바꿀 수 있게 해준다.

나는 더 이상 의기소침해 있지 않았다. 나는 내게 닥친 불행을 기회로 바꾸기로 결심했다.
우선 고모할머니가 베풀어준 은혜가 결코 배은망덕한 자에게 베푼 것이 아님을 증명할 기회였다. 둘째로 어린 시절에 겪은 고난이 결코 헛된 것이 아님을 보여줄 기회였다. 셋째로 손에 도끼를 들고 고난의 숲을 헤쳐나갈 능력이 내게 있음을 증명할 기회였다.

그리고 그는 정말 열심히 노력한다.

나는 타고난 재능이란 재능은 남김없이 혹사했다. 한번 시작한 일은 무엇이든 온 힘을 기울여 완수하려고 노력했다. 또한번 목표로 정한 것은 아무리 어렵더라도 꼭 이루려고 최선을 다했다. 재능을 아무리 타고났더라도 성실함과 소박함, 그리고 근면함이 없이는 아무것도 이룰 수 없다는 것은 만고의 진리다. 이 세상에서 그런 것들 없이 성공을 바란다면 정말 염치없는 일이며, 그런 일은 절대로 벌어지지 않는다. 천부적인 재능과 행운은 사다리의 양쪽 기둥일 뿐이다. 노력이라는 발판이 없으면 결코 위로 오를 수 없다. 온 힘을 기울여야 할 때, 또한 충분히 그럴 수 있을 때 가볍게 한 손만 걸치는 짓, 자신이 하게 된 일을 하찮게 여기는 짓—이 두 가지를 나는 평생 절대로 해서는 안 되는 절대적 금기로 삼았으며, 그 금기가 바로 오늘의 나를 만들었다고 확신한다.

소설가 찰스 디킨스는 데이비드 코퍼필드의 입을 통해 자신의 경험에 의해 터득한 삶의 지혜를 그대로 독자에게 전해준다. 그것만으로도 우리는 감동한다. 그 지혜에서 감동을 받고 배운 것이 있다면 그것만으로도 이 소설을 읽은 보람이 충분히 있다.

나는 찰스 디킨스가 데이비드 코퍼필드의 입을 빌려 전해주는 그 삶의 지혜는 바로 자신의 삶을 향한 그의 사랑에서 온다고 생각한다. '자기 삶에 대한 사랑? 누구나 자신의 삶을 사랑하지 않는가?'라고 곧 반문할 것이다. 당연하다. 우리는 누구나 자신이 자신의 삶의 주인공이고 자신의 삶을 사랑한다고 생각한다.

하지만 가만히 보면 그렇지 않은 경우가 많다. 남들이 내게 심어준 가치관을 별 의심 없이 그대로 받아들이고 살아갈 수도 있는 게 바로 사람이다. 살면서 겪게 되는 역경에 그대로 굴복할 수 있는 게 사람이기도 하다. 그리고 그러한 고난의 탓을 남에게 돌리는 데 익숙해 있는 게 사람이기도 하다. 그런 사람들도 자기를 사랑하는 것은 마찬가지다. 그러나 엄밀하게 말한다면 그 삶에는 자기 삶에 대한 자부심과 책임감이 결여되어 있다. 『데이비드 코퍼필드』에서 찰스 디킨스가 자신 있게 그런 삶의 지혜를 우리에게 전해줄 수 있는 것은 자신이 그런 자부심과 책임감에 충실한 삶을 살았기 때문이다.

그렇다. 이 재미있는 소설 『데이비드 코퍼필드』의 주제는 '나는 어떻게 내 삶의 주인공이 될 수 있을 것인가?'라는 한 마디로 압축할 수 있다고 보아도 된다. 그러고 보니 소설 자체도 '내가 나 자신의 삶의 주인공이 될 것인가? 아니면 다른 사람이 그 자리를 차지하게 될 것인가? 이 책을 읽으면 독자들 스스로 판단할 수 있으리라'라는 대목으로 시작된다.

유복자로 태어나자마자 사내아이라는 이유로 고모할머니로부터 외면당한 게 바로 나의 삶이다. 어머니도 나를 보호해 주지 못하고 아직 아무것도 모르는 나이에 험한 세상에 내동댕이쳐진 게 바로 주인공 신세다. 그대로 나락으로 떨어질 수도 있던 게 바로 소설 주인공 데이비드 코퍼필드다.

그런데 그는 그대로 주저앉지 않는다. 그는 주소도 모르고 단 한 번 본 적도 없는 고모할머니를 과감하게 찾아 나선다. 무엇이 그것을 가능하게 했는가? 용기? 결단력? 물론 그런 것도 한몫했을 것이다. 하지만 결정적인 것은 역시 자기 삶에 대한 사랑이다. 주어진 상황을 있는 그대로 받아들이는 게 아니라 자신이 바라는 방향으로 이끌겠다는, 자기 삶에 대한 사랑 때문에 가능한 일이다. 그 사랑이 그의 삶을 자신의 삶으로 만들고 의미 있게 만든다.

다시 묻자. 자기 자신이 주인공인 삶, 의미 있는 삶이란 어떤 삶일까? 아주 어려운 질문이다. 대답도 아주 여러 가지일 수밖에 없다. 사회적으로 성공한 삶? 남을 돕는 데 많은 힘을 기울인 삶? 착하게 사는 삶? 세상에 의미 있는 큰일을 이룩한 삶? 큰 깨달음을 얻은 삶? 모두 의미 있는 삶이다. 모두 쉽게 이루기 어려운 삶이다.

하지만 『데이비드 코퍼필드』를 읽고 나면 그 목록에 적어도 한 가지는 추가할 수 있을 것 같다. 기억 혹은 추억을 간직한 삶이 바로 그것이다. 우리가 우리 삶에 대해 수많은 기억과 추억을 지니고 있다는 것은 우리가 우리 삶을 사랑했다는 것을 의미하고 그만큼 우리가 우리 삶의 주인공에 가까울 수도 있다는 것을 의미한다.

사실 우리는 대개 그냥 스치듯이 우리의 삶을 살아간다. 요즘 같이 바쁜 세상에서는 더욱 그러하다. 멈춰 서서 깊게 생각해볼 여유도 없으며 뒤돌아볼 겨를은 더욱이 없다. 어쩌다 돌아보면 그냥 굵은 사건들만 남고 매일 그저 똑같은 삶을 살아온 것처럼 여겨지기도 한다. 그러다보면 내 삶이 그냥 평범해진다. 그냥 밋밋한 일들만 있어온 것 같다.

하지만 그냥 평범하고 밋밋한 일들로 채워진 삶은 절대로 없다. 어떤 삶이건 특별한 것들로 그득한 게 사람의 삶이다.

특별한 사람만 그런 게 아니라 우리 모두의 삶이 그러하다. 단지 그걸 우리가 의식하지 못하고 있을 뿐이며 기억하지 못할 뿐이다.

우리 주변에는 과거 일들을 시시콜콜한 것까지 다 기억하는 사람들이 있다. 그런 것에 대한 기억력 콘테스트가 있었다면 아마 찰스 디킨스가 메달 하나는 땄을 것이다. 실제로 문학 연구가들이 그가 재현한 어린 시절의 삶이나 풍물이 실제와 거의 같다는 것을 감탄하며 지적하기도 했다. 그렇게 기억력이 좋은 사람들에게 우리는 말한다.

"얼마나 머리가 좋으면 그런 걸 다 기억하지?"

하지만 단언한다. 단순히 머리가 좋아서 기억력이 좋은 게 아니다. 더욱이 우리가 겪은 일, 살아온 일에 대한 기억력은 지능과 별로 상관이 없다. 내가 그 순간을 얼마나 내 온몸으로 느꼈는지 아닌지에 따라 기억력에 차이가 난다. 기억은 머리로 하는 게 아니라 내 온몸으로 하는 것이다. 내 감정과 마음으로 하는 것이다.

같은 일을 겪었어도 그냥 과거의 일로 흘려보내는 사람이 있는가 하면 가슴속에 차곡차곡 쟁여놓는 사람도 있다. 그냥 흘려보내는 사람에게는 어제와 오늘이 똑같아 보인다. 당연히 내일도 그냥 똑같은 하루일 뿐이다. 그러나 지금 이 순간을 온몸으로 느끼는 사람에게 내일은 새로운 일이 기다리고 있는 새날이 된다. 과거와 지금을 기억하는 것은 새롭게 세상을 살아가는 가장 확실한 방법이다.

그러니 기억하라. 나중에 언제고 되새기며 말하거나 글로 쓰거나 그림으로 표현할 수 있도록 마음으로 새겨라. 돌아볼 것이 있는 삶을 살아라. 그게 우리를 우리 삶의 주인공으로 만들어주는 한 방법이다. 우리의 삶을 의미 있게 만들어주는 한 방법이다.

찰스 디킨스는 가장 영국적인 작가이다. 영국인이 가장 존경하는 작가는 셰익스피어이고 가장 사랑하는 작가는 찰스 디킨스라고 흔히들 말한다. 찰스 디킨스가 영국인들이 가장 공감하는 이야기를 썼기에 듣는 찬사일 것이다. 찰스 디킨스는 그가 작가로 활동하던 19세기에도 가장 성공한 작가 중 한 명으로 꼽혔고 20세기에도 전 세계 독자들에게 가장 많은 사랑을 받은 작가 중 한 명이며 21세기에 들어서서도 그의 소설을 향한 독자들의 사랑은 식지 않고 있다.

이유는 간단하다. 그의 소설이 재미있기 때문이다. 교훈을 전하는 소설을 쓰더라도 감동과 재미로 읽는 이를 빨아들이기 때문이다. 가장 널리 알려진 그의 작품 중의 하나인 『크리스마스 캐럴』을 생각해보면 금방 고개를 끄덕일 수 있을 것이다. 소설이란 궁극적으로 재미있는 이야기라는 사실을 그가 절대로 잊지 않았기에 가능한 일이다.

그의 소설이 오랫동안 널리 사랑받는 또 하나의 이유는 그의 소설 속 이야기가 우리 주변에서 흔히 있을 수 있는 일들로 이루어져 있기 때문이다. 그의 소설에서 사랑을 이야기하더라도 현실과 동떨어진 사랑 이야기가 아니라 현실 속에서 흔히 이루어지는 사랑 이야기가 나올 뿐이다. 그래서 그의 소설을 사실주의 소설이라고들 말한다. 하지만 그의 사실주의는 철저히 영국적 사실주의이다. 즉 프랑스의 사실주의와는 아주 다르다. 같은 사실주의면서 둘이 어떻게 다른지 잠깐 공부 좀 하자.

프랑스 사실주의는 있는 현실을 객관적으로 묘사하는 것을 목표로 삼았다. 심지어 플로베르 같은 작가는 인칭이 없는 소설을 쓰려고까지 했다. 프랑스 사실주의는 객관적인 묘사를 목표로 했기에 '나'를 아예 지워버리려는 노력을 하는 데까지 간 것이다.

하지만 영국의 사실주의는 다르다. 있는 현실을 객관적으로 묘사하는 게 목적이 아니라, 내가 경험한 현실을 있는 그대로 묘사하는 것이 영국의 사실주의다. 둘 다 주어진 현실에서 눈을 돌리지 않는 것은 같지만 프랑스 사실주의는 거리를 두고 관찰한 현실을 기록한다. 하지만 영국 사실주의는 현실에 뛰어들어 경험한 것을 기록한다. 영국이 경험주의 철학의 나라라는 것은 바로 그런 뜻이다. 그리고 찰스 디킨스의 소설들은 그런 영국식 사실주의를 대표한다.

25세 되던 해에 『올리버 트위스트』를 잡지에 연재하기 시작하여 큰 호평을 얻은 찰스 디킨스는 37세에 쓴 『데이비드 코퍼필드』 이외에도 『크리스마스 이야기』 『두 도시 이야기』 『위대한 유산』 『작은 도릿』 등 대작을 연달아 발표하며 큰 성공을 거둔다. 프랑스의 빅토르 위고와 함께 생존 시 대문호의 대접을 받은 대표적인 작가라고 할 수 있을 것이다.

소설 창작뿐만 아니라 사교계에서도 총아로 군림하던 그는 왕성함을 넘는 과도하게 역동적인 활동의 부작용 때문인지 1870년 6월 9일, 58세의 나이로 심장마비로 죽었다. 그는 웨스트민스터 사원, 시인묘지에 묻히는 영광을 누렸고 매년 수백만 명이 그의 묘지를 찾고 있다. 그는 일체의 허례허식을 배제한 간소한 장례식을 원했으며 조용한 집 근처 교회에 묻히길 원했다. 하지만 그러기에는 너무 유명하고 큰 사람이 되어 있었다.

『데이비드 코퍼필드』는 20세기 초에 무성 영화로 일곱 편의 영화가 나온 이래, 다섯 편의 영화, 수많은 텔레비전 드라마, 25편의 연극으로 각색되었으며 수많은 만화와 만화영화로도 각색되어 사람들의 사랑을 받았다는 사실을 참고로 일러둔다.

『데이비드 코퍼필드』 바칼로레아

1 한 사람이 성공하려면 천부적인 재능도 있어야 하고, 행운도 따라야 하며, 노력도 해야 한다고 누구나 생각한다. 여러분은 그중 어느 것이 가장 중요하다고 생각하는가?

2 우리는 누구나 자기만의 의미 있는 삶을 살기를 원한다. 그렇다면 자신이 주인공인 자기만의 삶은 어떤 것일까? 사회적으로 성공한 삶? 남을 도우며 살아가는 삶? 착하게 사는 삶? 세상에 의미 있는 큰일을 이룩한 삶? 큰 깨달음을 얻은 삶? 나름대로 한번 생각해보라.

3 작품의 주인공 데이비드 코퍼필드는 차례대로 두 명의 여인과 사랑을 나눈다. 약간은 철부지이면서 말 그대로 사랑스럽기만 한 도라와의 사랑, 그리고 자신을 수호천사처럼 감싸주는, 언제나 돌아갈 수 있는 고향 같은 아네스와의 사랑이다. 여러분은 둘 중 어떤 사랑을 해보고 싶은가?

데이비드 코퍼필드 Ⅱ

생각하는 힘: 진형준 교수의 세계문학컬렉션 32

펴낸날	**초판 1쇄 2018년 9월 20일**

지은이	**찰스 디킨스**
옮긴이	**진형준**
펴낸이	**심만수**
펴낸곳	**(주)살림출판사**
출판등록	**1989년 11월 1일 제9-210호**

주소	**경기도 파주시 광인사길 30**
전화	**031-955-1350 팩스 031-624-1356**
홈페이지	**http://www.sallimbooks.com**
이메일	**book@sallimbooks.com**

ISBN	978-89-522-3975-4 04800
	978-89-522-3986-0 04800 (세트)

※ 값은 뒤표지에 있습니다.
※ 잘못 만들어진 책은 구입하신 서점에서 바꾸어 드립니다.

이 도서의 국립중앙도서관 출판시도서목록(CIP)은 서지정보유통지원시스템 홈페이지
(http://seoji.nl.go.kr)와 국가자료공동목록시스템(http://www.nl.go.kr/kolisnet)에서
이용하실 수 있습니다.(CIP제어번호: CIP2018029800)

책임편집·교정교열 **조경현 신유진**